Gabrielle By
Ben Yeshoua

Ottawa

**Gabrielle By
Ben Yeshoua**

Ottawa

Le Jardin de Dieu

Éditions Muse

Imprint
Any brand names and product names mentioned in this book are subject to trademark, brand or patent protection and are trademarks or registered trademarks of their respective holders. The use of brand names, product names, common names, trade names, product descriptions etc. even without a particular marking in this work is in no way to be construed to mean that such names may be regarded as unrestricted in respect of trademark and brand protection legislation and could thus be used by anyone.

Cover image: www.ingimage.com

Publisher:
Éditions Muse
is a trademark of
Dodo Books Indian Ocean Ltd., member of the OmniScriptum S.R.L Publishing group
str. A.Russo 15, of. 61, Chisinau-2068, Republic of Moldova Europe
Printed at: see last page
ISBN: 978-3-639-63618-5

Un nouveau-né est abandonné sur le pas de la porte d'une maison, dans le paisible village de More Land, par une inconnue. Dix ans plus tard, le soleil disparaît brusquement, les ténèbres envahissent les lieux, et un inquiétant brouillard vert se répand sur la terre, détruisant tout sur son passage, et obligeant les habitants à migrer afin de sauver leur vie.

Cet exode conduit, à leur insu, Aavih, Yehodim et Ottawa, sur le chemin de leur destinée. Confrontés à un monde qui leur était jusque-là inconnu, ils devront mener une lutte acharnée pour éviter que les royaumes de la terre ne tombent entre les mains d'un général déchu.

GABRIEL !

Sombre ! Tout était sombre autour d'elle.

La nuit était déjà tombée. La lueur de la pleine lune peinait à se faufiler entre les branches épaisses des grands arbres qui trônaient dans la forêt. Les quelques petits rongeurs et oiseaux encore éveillés, se hâtaient de rejoindre leurs tanières pour les uns, et leurs nids pour les autres, afin de laisser place aux bêtes féroces, impatientes de faire de la nuit leur terrain de chasse.

Au milieu du calme qui s'installait progressivement, une inconnue était engagée dans une course effrénée, jetant par moment des regards en arrière afin de s'assurer qu'elle n'était point suivie. Elle s'arrêta quelques instants et posa ses mains sur ses hanches pour reprendre son souffle. Son regard croisa, dissimulés derrière des feuilles, de petits yeux rouges qui depuis le début n'avaient cessé de l'observer. Elle prit peur, et tentant de s'enfuir, trébucha sur un gros tronc d'arbre sec couché sur le sol humide de la forêt. Étendue dans la mousse, la lèvre supérieure fendue, elle se rendit compte qu'elle venait de se fouler la cheville. Cependant, les bruits des chiens qui aboyaient, des cors et des sabots des chevaux qui au loin retentissaient, la confortèrent dans l'idée qu'en dépit de la douleur atroce qu'elle ressentait, elle ne devait pas s'attarder dans ces bois. Elle chercha à se relever, mais sentit qu'une main lui retenait le pied. Sans réfléchir, elle se saisit d'une pierre et lui assena de violents coups avant de parvenir à s'en libérer.

Au même instant, d'étranges ricanements ainsi que des voix qui prononçaient des mots inaudibles s'élevèrent. Des rapaces, d'un vol rapide, passèrent au dessus de sa tête. Elle se remit à avancer aussi vite qu'elle le put.

Après avoir parcouru quelques mètres, à bout de souffle, encore une fois, elle marqua une pause. Sa respiration bruyante tranchait à présent avec le lourd silence qui avait envahi la forêt. Plus aucun son ne sortait de ce lieu, hormis celui de son cœur battant à vive allure qui trahissait la peur et l'épuisement qui étaient les siens. Lentement, elle fit un premier pas, puis un second. La lune avait disparu et les ténèbres avaient envahi les lieux. Les branches et les feuilles d'arbres avaient cessé de se balancer et les animaux s'étaient tus. Un frisson lui parcourut le corps, lui glaçant le sang. Sans qu'elle ne puisse réagir, elle se retrouva soudainement suspendue à un arbre, la tête en bas, les pieds retenus par une corde. Des brins d'herbes et de feuilles se mirent à craqueler sous le poids d'un être qui se rapprochait de plus en plus. Au fil des secondes, s'intensifiait en elle une crainte qu'elle ne pouvait plus nier. Aussi laissa-t-elle échapper des cris de terreur lorsque, détachée et reposée sur le sol, elle découvrit la face hideuse d'un esprit impur. L'obscurité environnante rendait davantage effrayante cette créature au corps d'homme et à la face de lézard. Face à cet adversaire robuste, qui d'une seule main lui retenait les poignées, elle tenta de se débattre vainement. Il l'entraîna quelques mètres plus loin, et la ligota à un arbre, avant de souffler dans le cor attaché derrière son dos.

En une fraction de secondes, une ordre d'esprits impurs et de soldats les rejoignirent, plongeant l'endroit dans une hostile agitation. Un homme d'une grande taille, paré d'une imposante armure gravée de signes mystérieux, d'un pas assuré se dirigea vers elle. Son allure, ses cheveux rasés sur les côtés ainsi que la queue de cheval tressée qu'il avait sur le sommet de sa tête trahissaient son grade : il s'agissait assurément d'un commandant de l'armée du Nord. Il la dévisagea, lui releva la tête avant de la fixer droit dans les yeux, affichant un air plein de mépris :

—   Votre fuite prend fin ici, Princesse !

L'homme sortit une grosse épée qui levée vers le ciel croisa la lueur d'une lune complice qui, comme par hasard, s'était enfin décidée à faire son retour. Tandis qu'il s'apprêtait à abattre son arme sur la jeune femme, celle-ci se réveilla assise au pied d'un arbre, dans un vaste jardin.

—   Où suis-je ? Que s'est-il passé ?

Elle regarda à gauche, puis à droite, devant, et derrière elle, étonnée. Elle passa sa main sur sa gorge, ayant la sensation qu'une lame l'avait effleurée, mais il n'en était rien. Elle fut rassurée de savoir qu'elle était en vie. Toutefois la peur ne l'avait pas pour autant quittée. Son cœur peinait à se calmer, et les traces de sang et de boues qu'elle distinguait sur ses vêtements n'étaient pas faites pour l'aider à y parvenir.

—   Oh non ! Ma robe.

Sa ravissante tenue de couleur ivoire, brodée de fils d'or, n'étaient plus qu'un hideux haillon déchiré de toute part. Sur le chemin, elle avait perdu bijoux et souliers. Ses poignées portaient les traces des liens par lesquels elle avait été maintenue quelques minutes plus tôt, et sa peau celles des épines ainsi que des pierres qui l'avaient écorchée. Elle n'eut point le temps de s'apitoyer sur son sort. Elle fut sortie de ses pensées par les pleurs d'un bébé qui se tenait auprès d'elle, emmailloté dans un tissu qui s'apparentait singulièrement à celui du jupon qu'elle portait sous sa robe. Que fait-il là ? D'où vient-il ? Qui est-ce ? Toutes ces questions se bousculaient dans son esprit. Elle le prit tout de même dans ses bras afin de le bercer. Pour une raison qui lui était inconnue, il lui paraissait le connaître. Ses doigts passèrent tendrement sur ses joues roses rebondies, et dans les boucles de ses cheveux blonds. Elle le serra contre sa poitrine.

Immédiatement une douce chaleur l'envahit. Ses yeux se fermèrent un bref instant. En les ouvrant à nouveau, elle constata que le nourrisson s'était endormi.

Tout à coup le tonnerre se mit à gronder. D'énormes nuages s'amoncelèrent et un vent tumultueux se leva. Jetant encore une fois un regard furtif autour d'elle, elle décida de quitter cet abri de fortune. Apercevant au loin de faibles lumières, elle résolut d'aller dans leur direction. Elle s'arma de courage et se leva en tenant l'enfant avec précaution dans ses bras délicats. Prise d'étourdissement, elle s'appuya à l'arbre, respira profondément, avant de commencer péniblement à marcher. Ses jambes chancelantes paraissaient ne plus être en mesure de la porter. Elle savait qu'elle ne pouvait rester là plus longtemps, car certainement les personnes qui étaient à sa recherche finiraient par la retrouver. Il fallait qu'ils se mettent, le bébé et elle, en lieu sûr. Il fallait qu'elle rassemble ses forces et puisse trouver de l'aide.

Peu à peu, elle atteignit la sortie du jardin et arriva dans une rue dans laquelle se dressaient fièrement, d'un côté et de l'autre, de coquettes petites maisons. Le vent se mit à tourbillonner, soulevant sur son passage les feuilles mortes des arbres qui bordaient les allées. Le tonnerre gronda une seconde fois, comme pour lui signifier qu'il ne lui restait plus assez de temps, mais ses chevilles rouges et enflées ne parvenaient plus à suivre le rythme. Elle tenta néanmoins de hâter le pas tout en boitant douloureusement, tandis que le tonnerre se faisait entendre pour une dernière fois. De fines gouttes s'abattirent sur le sol, levant une agréable odeur de sable mouillé. Elle jeta les regards autour d'elle sur ce village qui était endormi, dépassa une première maison, puis une deuxième, avant d'atteindre le porche de la troisième, de la fenêtre de laquelle se dessinait la faible lueur d'une lampe.

—		Au secours ! implora-t-elle d'une voix basse.

Elle s'affaissa sur le seuil, cogna de toutes ses forces à trois reprises sur la porte avant de s'évanouir.

A l'intérieur de la maison, couché dans son lit, dans la pénombre, un homme écoutait le bruit du tonnerre en s'interrogeant. Ce n'était point la saison des pluies. L'été tirait certes lentement sa révérence, mais les gratifiait encore de merveilleux rayons de soleil et de sa chaleur. Cet après-midi là, il s'était d'ailleurs rendu avec quelques villageois au bord de la rivière pour déjeuner, nager, et se détendre en famille. Cependant, leur joie avait été écourtée par un changement brusque de température. Le ciel bleu avait été évincé par de sombres nuages qui avaient apporté avec eux un froid glacial, contraignant les villageois à rentrer de manière précipitée chez eux. Personne ne savait ce qui se passait, mais tous avaient dû allumer leurs cheminées et leurs lampes plus tôt que prévu. Après avoir attendu quelques heures en espérant que cela se dissiperait, ils avaient fini par délaisser leurs activités et se mettre sous leurs couvertures avant d'être plongés dans un profond sommeil. Cet homme était l'un des seuls qui avait pu, sans le savoir, résister à cet appel. Il n'arrêtait pas de se tourner et de se retourner dans son lit, en ayant à l'esprit les événements inexpliqués de ces dernières heures. Il y songeait encore lorsqu'il entendit quelqu'un porter des coups sur une porte. Il tendit l'oreille, entre deux ronflements de son épouse, pour s'en assurer.

—		Je me fais certainement des idées. Ce n'est que le vent, se parlait-il à lui-même. Par ce temps là, personne n'oserait s'aventurer dans les rues et encore moins chez moi.

Toutefois, le bruit sourd qui suivit, le conduisit à chercher à en avoir le cœur net. Il sortit de son lit, chaussa ses vieilles chaussures, ouvrit la porte en bois grinçante de sa chambre, et descendit les escaliers. Il regarda par la fenêtre de la pièce principale, mais ne vit personne dans l'obscurité qui s'était abattue sur le village de More Land.

–   Il y a quelqu'un ? s'enquit-il.

N'obtenant aucune réponse, il déverrouilla tout de même la porte avant de découvrir couchée sur le seuil, une femme, les vêtements en lambeaux, gisant dans une mare de sang, un bébé dans les bras. Pris de panique, il se précipita vers elle :

–   Oh mon Dieu ! s'écria-t-il en relevant la tête de la jeune femme. Madame ! Madame ! Vous m'entendez ?

Il entra dans la maison, et du bas de l'escalier, appela d'une voix forte :

–   Chérie !

Il ressortit ensuite porter secours en saisissant au passage un linge dans lequel, une fois arrivé près de l'inconnue, il enveloppa le bébé. Il l'emmena à l'intérieur et le posa sur une table.

A l'étage sa femme sortit brusquement de son sommeil. Constatant que le côté droit du lit était vide, elle quitta la chambre à la recherche de son époux. Le retrouvant plus bas:

–   Que se passe-t-il ?

–   Aide-moi je te prie.

Sans réfléchir, elle s'exécuta. Pendant que tous deux s'affairaient auprès de l'enfant dont le corps était recouvert de sang, et les lèvres, ainsi que les extrémités des doigts, avaient progressivement virés au bleu, elle leva ses grands yeux en direction de son mari, et lui posa la question :

—   D'où sort-il cet enfant ?

—   Je, je, je l'ignore. Je ne comprends pas... bredouilla-t-il.

—   Comment se fait-il que tu ne le saches pas ?

—   J'ai entendu du bruit... je suis descendu afin de voir ce qu'il en était, c'est ainsi que je les ai découverts par terre.

—   Les ? Qui ? Il y a en a plusieurs alors ?

—   Non, oui, enfin je veux dire, cette femme et son enfant. Au fait je l'avais oubliée.

L'homme laissa sa femme avec le nourrisson et se précipita dehors. Elle promena les yeux dans toute la pièce :

—   Quelle femme ? Et où ça par terre ?

A son arrivée sur le porche, il ne trouva personne. Il fit un tour sur lui-même, descendit dans la rue, regarda de part et d'autre, puis revint sur ses pas à l'endroit où il l'avait laissée.

—   Où a-t-elle bien pu passer ? cogitait-il. Comment a-t-elle pu s'en aller aussi rapidement et surtout dans l'état dans lequel elle était ?

Avançant vers l'endroit où elle avait été étendue quelques minutes plus tôt, il fixa la substance qui y était répandue. Il s'aperçut que des formes particulières s'y dessinaient. Il se saisit aussitôt de la lampe qu'il avait accrochée sur le haut de la porte, en intensifia la flamme qui laissa apparaître des signes ou plutôt des lettres.

—   G...A...A

—   Que dis-tu ? chercha à comprendre son épouse venue le rejoindre.

—   Ga...bri...el, Gabriel ! déchiffra-t-il.

—   Mais qu'est-ce donc ?

–   Ne vois-tu pas que c'est ce qui est écrit là ?

–   Mais où ? Qu'est-ce-que tu racontes ? Je ne comprends pas ?

Il approcha encore une fois la lampe, afin que sa femme puisse lire l'étrange mot qui se présentait sous leurs yeux.

–   Gabriel ? reprit-elle à son tour.

–   Gabriel ! affirmèrent-ils à l'unisson.

–   Je ne sais pas de quoi il s'agit, mais toute cette histoire commence à me faire peur, confia la femme en prenant son époux par le bras.

Et scrutant les alentours, elle conclut :

–   Je crois que nous ne devrions pas rester là. Rentrons !

Son mari resta perplexe. Néanmoins, après avoir regardé une dernière fois la rue, il referma la porte de la maison. Une fois à l'intérieur, il remarqua que sur la table, le corps de l'enfant avait été entièrement recouvert. Il se retourna vers sa femme qui secoua la tête, afin de lui faire comprendre que, pour le bébé aussi, il n'y avait plus rien à faire .

–   Certainement le froid, s'attrista-t-elle.

Il s'approcha alors de la table, releva le tissu et observa longuement le petit être. Il avait l'air de dormir paisiblement. Ému, il rabattit à son tour le linge et se tint aux côtés de son épouse. Tous deux restèrent ainsi un long moment, réfléchissant à cette nuit durant laquelle, sans qu'ils ne le sachent, tout venait de basculer.

Depuis la fenêtre d'une chambre dans une des maisonnettes du village, une ombre derrière un rideau, avait discrètement assisté à toute la scène.

LA FETE DU MOIS DES EPIS

La gorge sèche, le souffle saccadé, les vêtements trempés, il se réveilla en sursaut, réalisant qu'il venait de revivre, pour la énième fois, les scènes terrifiantes de cet angoissant cauchemar qui, depuis des semaines, chaque nuit, venait le hanter sans lui laisser de répit. Il se redressa, prit la cruche d'eau déposée au chevet de son lit, se servit un grand verre, le but lentement, avant de s'allonger à nouveau dans son lit, attendant patiemment que les premiers rayons de soleil se fassent voir.

Quelques heures plus tard, à quelques kilomètres de Shiraz, un grand aigle blanc survolait la plaine de More Land. Des sommets des montagnes qui tutoyaient les nuages, il virevolta vers une rivière à sec, puis de la rivière à sec repartit vers une steppe forestière arborée. Sa vue perçante lui permettait de distinguer en contrebas, les quatre écureuils qui s'aventuraient sur le sommet d'un arbre, et d'assister au spectacle que leur offrait des mètres plus bas, une petite gazelle à goitre poursuivie par deux guépards iraniens. Afin de leur échapper, la jeune bête fit plusieurs zigzags, tantôt sur la droite, tantôt sur la gauche, avant de parvenir à atteindre les abords du village de More Land. Elle traversa ensuite des pièges de piquets et de lames de métal tranchantes entrelacés sur des branches, camouflés par divers feuillages. Quelques uns de ces pièges se déclenchèrent sur son passage, néanmoins elle réussit à passer de l'autre côté de la clôture, en y laissant quelques mèches de sa fine queue. Elle continua sa course jusqu'au village, tandis que les prédateurs rebroussèrent chemin, conscients qu'ils ne pouvaient persister dans cette chasse sur ce territoire qui leur était interdit. La petite gazelle à goitre elle, rasa les murs de l'une des maisons, et y pénétra discrètement. Elle se cacha derrière un siège sur lequel était assis un enfant qui assistait à une mêlée de ses frères, sous la direction de leur père : Japhet AFAR. Ce dernier, tenant dans sa main une balle faite de peau de chèvre cousue, rembourrée avec de la laine de mouton, criait à ses enfants :

—		Flexion, touchez, jeu !

Enfin, le jour de la « Fête du mois des épis » était arrivé ! Fête de réjouissance, organisée en l'honneur des dieux des steppes arborées, elle voyait tous les habitants, parés de leurs plus belles tenues, se présenter devant les dieux afin de déposer leurs offrandes. De toute part, les villageois s'activaient. Il fallait que tout soit prêt à temps. La place du village, communément appelée la « Tente », avait elle aussi été décorée pour l'occasion. Des tapis et des nappes brodées avaient été placés sur le sol, prêts à accueillir les convives à la suite de la cérémonie religieuse. L'alléchante odeur du feu de bois, mêlée à celle des mets succulents qui bouillonnaient encore dans les chaudrons, traversait les rues du village. S'y ajoutait également celle de l'encens que faisait brûler sur l'autel BAAHIM, le prêtre du village, assisté de ses deux fils, Aavih et Yehodim.

Loin de cette agitation, dans sa chambre, Adatnesess, l'épouse de Japhet, prenait le temps de se vêtir en fredonnant l'air de l'un des chants qui allait être entonné lors de la cérémonie.

Grande et svelte malgré ses multiples grossesses, Adatnesess était l'une de ces femmes qui prenaient plaisir à soigner son apparence, et y consacrait de longues minutes quotidiennement. Pour elle, une femme devait toujours se présenter sous son meilleur jour. Aussi désapprouvait-elle vivement ces femmes, qui après avoir donné naissance à deux ou trois enfants, prenaient du poids et avaient tendance à afficher un air négligé.

Adatnesess était une femme active. Elle débutait toujours ses journées par une marche dans les champs, avant de s'attaquer aux tâches ménagères, puis au travail dans l'atelier de son mari, en passant par les activités au sein du village. Elle mettait également un point d'honneur à avoir un intérieur parfaitement tenu. Pour y arriver, elle n'hésitait pas à y faire participer toute la maisonnée, à punir sévèrement ses fils et même son époux, lorsque ces derniers se laissaient aller. Tout devait être parfait pour Adatnesess : maison, enfants, époux et bien entendu elle-même.

Pour ce grand jour, elle choisit de faire une grosse natte avec sa soyeuse chevelure rousse, qu'elle enroula par la suite sur le sommet de sa tête. Elle opta pour un maquillage en accord avec sa tenue du jour, dans les tons ocres, ce qui eut pour mérite de mettre en valeur ses yeux verts étirés. Le dégradé de la longue robe ocre en soie qu'elle portait, rehaussait son teint doré. Elle aimait les détails. Elle était belle et le savait. Certains disaient qu'elle était la plus belle femme du village et cela lui arrachait toujours un léger sourire, dissimulant avec peine sa fierté. Mais personne n'arrivait à comprendre qu'une femme avec autant de qualité ait pu épouser un homme comme Japhet AFAR. Elle leur répondait en disant :

—   C'est mon choix. Je ne le regrette aucunement !

Adatnesess se regarda longuement dans le miroir en se mordant légèrement la lèvre inférieure, comme à chaque fois qu'elle avait à se prononcer sur quelque chose. Puis elle sourit, heureuse d'être parvenue à un résultat satisfaisant. Quelle était douée cette Etoura, pensa-t-elle ! Ses tenues étaient toujours des merveilles intelligemment confectionnées. Ce moment de plaisir fut toutefois interrompu par des mouvements en provenance du salon.

—   Japhet !

Sa voix aiguë traversa toutes les pièces de la maison et retentit dans celle dans laquelle se jouait une partie cruciale du nouveau jeu que Japhet avait imaginé.

– Oui, répondit son mari avec un léger sourire, se doutant de l'objet de ces appels incessants de sa femme.

Il posa son index sur ses lèvres à l'attention de ses fils :

– Chut !

– Peux-tu dire aux enfants de faire moins de bruits, s'il te plaît ?

– D'accord.

D'une voix basse en fixant les enfants :

– Allez. On reprend. Changement de formation.

Équipe A : Gin, Seklab, Turk, Khalage. Talonneur Sousan.

Équipe B : Magog, Gomer, Khosar, Rous. Talonneur Gaz.

Surtout pas de bruit.

Les enfants, d'un même chœur, à voix haute :

– Oui père.

Japhet tapa du pied :

– J'ai dit pas de bruit !

Adatnesess depuis sa chambre, recouvrant sa tête d'un voile :

– Japhet !

– Oui.

– Les enfants.

Japhet AFAR ! C'était un nom connu de tous au sein du village, et même au delà de ses frontières. Pendant longtemps, ce nom avait été associé à de nombreux qualificatifs peu flatteurs : « le gringalet », « le poilu », « le barbare », « le rêveur» et bien d'autres encore, avant de faire référence à l'image d'un personnage incontournable qui faisait à présent, la fierté de More Land.

Les premières années de sa vie avaient été difficiles. Enfant au physique ingrat, il avait été rejeté par les autres garçons de son âge à cause de sa différence. C'était souvent ce qui était d'ailleurs évoqué : le fait qu'il n'était pas comme les autres. Japhet était différent, cela était bien vrai ! Avec sa chevelure abondante constamment ébouriffée, il avait toujours été un homme velu, de petite taille et de surcroît particulièrement maigre dans son enfance. Constamment malade à cette époque, toute activité physique lui avait été interdite par ses parents. Jouer, courir, grimper aux arbres, autrement dit tout ce que faisaient naturellement les garçons de son âge, avait vite fait de devenir trop périlleux pour Japhet. Pour s'être trop souvent brisé un membre, ses contacts avec les autres s'étaient raréfiés. Toutefois, à chacune de leur rencontre, il leur proposait un nouveau jeu invitant au corps à corps.

— Encore un nouveau jeu ! s'enthousiasmaient alors les jeunes.

C'était pour eux une découverte et l'occasion de faire place à une démonstration de force. Cependant, aucun ne parvenait à comprendre comment ce bout d'homme, si léger, arrivait à les clouer au sol. Japhet avait une force hors du commun qui en étonnait plus d'un. Il sortait constamment vainqueur des luttes qu'il effectuait, au point de lasser ses adversaires, qui progressivement, se refusaient à prendre part à ce qu'ils voyaient finalement se transformer en des expériences aux règles toujours plus complexes.

— Non ! Non ! Nous ne voulons plus de tes jeux Japhet, finissaient-ils tous par refuser.

Cette passion avait laissé des traces sur le corps de Japhet dont les plus importantes étaient une fracture de l'arête du nez et une profonde entaille sur son front. Ces blessures, n'ayant jamais pu être soignées correctement par les guérisseurs du village, lui avaient déformé le visage. Aussi, ces cicatrices suscitèrent-elles pendant longtemps aux uns, lorsqu'ils le voyaient, des paroles acerbes telles que « La bête arrive ! », et aux autres, le rejet. Ne parvenant pas à accepter cette laideur qui lui avait été imposée, Japhet avait préféré se réfugier dans l'atelier de son père. Il n'en sortait quasiment jamais. Il s'était alors découvert une seconde passion qu'il avait depuis lors développée.

Il avait appris le métier et s'était révélé nettement plus talentueux que son père. Il était parvenu non seulement à reproduire ses œuvres, mais aussi à les améliorer, et à en créer d'autres aux fonctions plus abouties. Son père lui avait laissé très tôt les rênes de l'affaire familiale, que le jeune homme avait menée au delà des frontières du village. Les habitants des bourgs aux alentours de la Grande Mer, qui avaient entendu parler de la qualité de son travail, et de celle des matériaux qu'il utilisait, venaient régulièrement passer commande auprès de lui de toutes sortes de petits meubles et objets. Ces ventes lui rapportèrent de plus en plus d'argent, mais ce n' était pas ce qui l'intéressait. Japhet était un homme dévoué à son art. La seule chose pour laquelle il acceptait de s'en détacher était Adatnesess : sa troisième passion.

Adatnesess avait réussi à faire de lui un autre homme, un homme différent qui avait compris que cette différence, loin d'être un défaut, était pour lui une force ainsi qu' un atout non négligeable. Il avait décidé de vivre pleinement ses trois passions, et de partager les deux premières avec ses onze fils devenus les amis, les compagnons, les frères dont il avait toujours manqué.

–   Stop ! s'écria Japhet. Où est la balle ?

–   Sous mon siège, dit Tarage le dernier né de Japhet.

Japhet s'agenouilla, mit la main droite sous le siège où se balançait Tarage, toucha ce qui semblait être le pied d'une bête, puis récupéra la balle.

–   C'est bon on y va ! reprit Japhet sous les regards de Tarage qui continuait à se balancer dans son siège derrière lequel s'était cachée la petite gazelle à goitre.

Il la connaissait bien cette gazelle et appréciait ses visites qui, depuis quelques temps, se faisaient de plus en plus fréquentes. Il avait fait sa connaissance un matin alors que sa mère préparait le goûter d'anniversaire de son frère Sousan. Elle avait confectionné toutes sortes de plats succulents dont les parfums flottaient dans les rues du village. Alors qu'elle avait laissé les derniers gâteaux cuire dans son four à bois, afin d'aller préparer le buffet dressé dans le jardin, un petit animal s'était infiltré dans la cuisine, et s'était mis à grignoter la galette de blé déposée sur l'un des tabourets. Tandis qu'il s'apprêtait à s'attaquer au pot de crème oublié sur le sol par Adatnesess, Tarage fit, comme à son habitude, irruption dans la cuisine, lui aussi à la recherche de petits gâteaux à subtiliser. Friand de pâtisserie, il avait pris l'habitude de s'y introduire, à l'insu de sa mère, pour récupérer tout ce qu'il pouvait. Son manège n'avait point échappé à celle-ci, qui au lieu de le gronder, avait préféré mettre à sa disposition, à chaque fois, de petites parts dans des plats qu'elle faisait mine d'avoir oublié sur la table. Son fils avait très vite compris la manœuvre, et cela était même devenu un jeu secret entre mère et fils. Mais ce jour là, surpris de se retrouver nez à nez avec une jeune gazelle à goitre, il avait hurlé de frayeur, faisant fuir l'animal. Alertée, sa mère était immédiatement revenue sur ses pas. Elle avait retrouvé sa cuisine dans un désordre sans précédent, et avait alors admonesté Tarage. Il avait tenté de lui expliquer la situation, mais elle ne l'avait pas cru, estimant qu'elle avait été assez conciliante en tolérant son petit manège.

Ce ne fut que quelques jours plus tard, alors que la bête s'introduisit à nouveau dans la cuisine, tandis que Adatnesess faisait le déjeuner, que cette dernière comprit que son fils n'avait point menti. Elle l'avait alors chassée, mais constatait que la gazelle revenait chaque semaine au moins, lorsqu'elle se mettait à faire des gâteaux pour ses enfants. Ce fut en vain qu'elle avait accusé son mari de ne pas avoir installé de pièges assez solides. Après quelques temps, tous avaient fini par l'accepter. Tarage préparait même une petite assiette pour elle, qu'il déposait dehors, juste devant la porte de la cuisine, afin d'éviter qu'elle y pénètre. Une complicité s'était installée entre l'enfant et l'animal avec lequel il jouait souvent dans la prairie. La gazelle quant à elle, avait accepté les règles fixées par les AFAR, mais les transgressaient parfois comme ce jour-là, pour aller se cacher près du siège de   l'enfant   au   salon.

Tarage regardait toujours avec envie ses frères participer aux différentes activités inventées par son père. Il savait que son père n'accepterait jamais de le voir se joindre à eux, mais se risquait toujours à lui demander :

–   Papa, et moi ?

–   Je te l'ai déjà dit, tu n'as pas encore l'âge, rappela Japhet sans même détourner son regard du jeu.

–   Ça veut dire quoi je n'ai pas encore l'âge ?

–   Ça veut dire que la seule chose que tu puisses faire actuellement, c'est de t'asseoir dans ton siège, et de te taire.

L'enfant se mit debout sur son siège, croisa les bras, et fronça les sourcils en grommelant :

—   C'est pas juste !

—   Et ça le sera encore moins lorsque tu recevras une fessée, le menaça son père.

Et comme si rien ne s'était passé, Japhet continua :

—   C'est bon pour tout le monde ?

Les enfants acquiescèrent encore une fois à l'unisson :

—   Bon.

Alors Japhet poursuivit :

—   Attention : flexion, touchez, jeu !

Dans une autre maison, une mère terminait d'apprêter ses trois filles. Elle avait fini avec les deux autres, et entamait la coiffure de Noadia, sa fille cadette. Zerech, l'aînée se tenait debout devant le miroir et tournoyait dans sa tunique neuve aux couleurs chatoyantes.

—   Elle est magnifique ! s'exclama-t-elle.

Elle s'arrêta quelques instants pour admirer les tresses faites par sa mère quelques heures plus tôt. Elle n'avait que douze ans, mais savait déjà ce qu'elle voulait. Son père d'ailleurs disait souvent qu'elle tenait cela de sa mère, et qu'elle était tout son portrait. Tout comme sa mère, elle avait la peau mate et des cheveux de couleur ébène. Son visage fin, était apprécié à cause de ses lèvres parfaitement dessinées, de ses grands yeux noisettes, et de ses longs cils noirs. Sa mère savait qu'elle avait du caractère. Justement c'était ce qu'elle appréciait en elle. Toutefois, elle ne voulait pas admettre toutes ces autres choses que certaines femmes de More Land avaient déjà relevé chez la jeune fille, et sur lesquelles elles avaient attiré son attention. Beaucoup la disaient capricieuse, sournoise, un peu trop gâtée, et sans empathie. Ses parents, surtout sa mère, ne lui refusaient rien, car ils disaient sans cesse :

–   C'est notre fille aînée !

Zerech avait conscience de cette faiblesse, aussi en jouait-elle à sa guise. Elle se comportait souvent mal à l'égard de ses autres frères et sœurs. Elle ne manquait pas une occasion pour leur déclarer qu'elle était la préférée de leurs parents et que cela lui donnait tous les droits. Ces propos avaient le mérite d'agacer les autres et de toujours faire pleurer Noadia, la cadette, ainsi que Koush, le benjamin de la famille. Quant à Ottawa, la troisième, elle était la seule à lui tenir tête constamment. Elle n'hésitait pas à se bagarrer avec elle, afin de défendre ses frères de ce qu'elle qualifiait d'injustice. Leurs querelles se terminaient toujours devant leurs parents qui, face aux accusations fallacieuses de Zerech, finissaient par punir Ottawa, estimant à chaque fois qu'elle devait respecter sa sœur aînée.

C'était le jour de la fête du mois des épis que tout le monde avait attendu, mais personne chez les BOHOLT n'était encore prêt, comme toujours. Les BOHOLT étaient connus pour leur retard. Agatha avait beau s'organiser, elle ne parvenait jamais à arriver à l'heure à ses rendez-vous. Et même si depuis plus d'un an, elle s'était jurée que cela n'arriverait pas cette année-là lors de la fête, elle devait avouer qu'elle avait encore des progrès à faire. Ni elle, ni sa fille Noadia, n'étaient, ni coiffées, ni habillées. Elle pouvait également entendre l'un des membres de la famille parcourir les pièces de la maison. Alors qu'elle se hâtait de terminer de préparer Noadia, l'on frappa à la porte et l'ouvrit. Dans l'encadrement, Cham demanda :

–   Tu n'aurais pas vu mon chapeau par hasard Agatha ?

Depuis le fond du couloir, la voix d'un garçonnet résonna :

—   Papa, je l'ai trouvé ton chapeau.

Cham rejoignit son fils Koush dans sa chambre, et récupéra son chapeau ovale, apprêté spécialement pour la cérémonie. En le portant, il questionna l'enfant :

—   Où l'as-tu trouvé ?

—   Sur mon lit.

—   Et qu'est-ce-qu'il faisait sur ton lit ?

—   Tu l'as certainement oublié ici.

—   Je ne me souviens pourtant pas être venu dans ta chambre...

Dans la rue un cor sonna. Koush bouscula son père et courut en direction de l'entrée de la maison. Du haut de ses cinq ans, il sautillait, excité par l'atmosphère environnante. Il fut rejoint par son père qui se retourna et cria à son épouse :

—   Agatha, dépêche-toi. C'est l'heure !

Ils pouvaient écouter, précédés de musiciens, BAAHIM, le prêtre du village, ainsi que ses fils, Aavih et Yehodim, entonner un chant sur des pas de danses : *Bonne nouvelle cette année !*

Bonne nouvelle, bonne nouvelle,

La terre nous a donné,

Les meilleurs produits de cette année.

Nous sommes encore en vie et nos terres aussi.

En reconnaissance nous célébrerons la vie.

Nous avons tout reçu et nous n'avons rien perdu.

Notre avenir est sûr, car ce que nous avons reçu est sûr.

Nous avons tout reçu et nous n'avons rien perdu.

Notre avenir est sûr, car ce que nous avons reçu est sûr.

Bonne nouvelle cette année !

Bonne nouvelle, bonne nouvelle,

La terre nous a donné,

Les meilleurs produits de cette année.

Derrière le cortège de BAAHIM, se trouvait celui de Sem AMIR, le chef du village, accompagné lui aussi de ses fils : Ashru, Arpfa, Elam, Aram et Lud. Il était suivi par les femmes, et par les enfants, les hommes du village fermant la marche, tous se rendant sur le lieu du rassemblement.

Les rues de More Land étaient méconnaissables ! Telle une jeune mariée, elle portait ses plus beaux vêtements. Guirlandes et couronnes de fleurs, tentures aux couleurs vives du printemps, égayaient les lieux. Les habitants aussi, avaient revêtus leurs tenues de fête. Les hommes avaient sur leur tête leur superbe chapeau, mélange de tissu en fin lin blanc, entouré d'un large cordage noir, natté avec des fils d'or. Les femmes et les jeunes filles avaient sorti leurs plus beaux bijoux : bagues en or, colliers composés de pierres précieuses, bracelets, chaînettes, anneaux et boucles d'oreilles.

Pendant que le cortège et le reste des habitants convergeaient vers la place publique, la mêlée organisée par Japhet ; arriva jusque dans la rue. Gin, l'un des fils de Japhet, réagit immédiatement en avertissant ses frères :

— Arrêtez! Arrêtez ! Arrêtez ! Nous sommes hors du terrain.

Il fut repris par son père, qui d'un ton acharné, répliqua :

— On y va. C'est moi qui décide si on s'arrête ou pas.

Agatha et ses filles venaient de finir. Elles avaient rejoint Cham, leur père, et leur frère Koush, devant la porte, qui assistaient à la mêlée des AFAR. Elle ne put s'empêcher de grimacer :

–   Encore ce jeu sauvage !

–   Il n'est pas sauvage, rétorqua son mari, admiratif .

–   Tu dis ?

–   J'adore, avoua-t-il.

Agatha écarquilla les yeux et brailla :

–   Tu quoi ?

Devant l'insistance et la tentative d'intimidation de sa femme, il se rétracta sans conviction :

–   Mais non, je, je voulais dire... ce jeu est grotesque !

On entendait la voix de Japhet guidant ses enfants :

–   Attention ! Attention ! Sousan, tu risques d'être en faute.

De l'intérieur de la maison, Adatnesess appelait :

–   Japhet !

–   Oui, répondit-il en ramassant rapidement la balle avant de se tourner vers ses enfants , allez, on arrête.

Mais les enfants, emportés par le jeu, ne l'entendaient pas de cette oreille. Ils se rassemblèrent autour de leur père en essayant chacun de lui arracher la balle qu'il tenait :

–   Oh non Papa !

–   Pas maintenant.

–   Pas maintenant.

Sortie de sa chambre, Adatnesess entra dans le salon. Sa présence fit fuir la gazelle à goitre lorsqu'elle s'écria en colère :

—   Encore cette gazelle à goitre !

Puis remarquant Tarage :

—   Tarage, que fais-tu ici tout seul ? Où sont tes frères ?

Le petit garçon, frustré de ne pas avoir pu participer au jeu, s'était recroquevillé dans le fauteuil, son pouce à la bouche. Il répondit à sa mère en lui indiquant la porte du doigt :

—   Dehors avec papa.

—   Que font-ils ?

—   Je ne sais pas.

—   Allez viens on y va, le saisit-elle par la main.

Dehors, tout le monde s'était réuni sur le lieu de la Tente , la place publique du village. Pour la fête du mois des épis, de larges étoffes avaient été fixées au quatre coins de la place, et des tapis de toutes les couleurs déposés sur le sol. Chacun connaissait sur le bout des doigts la partition qu'il avait à jouer.

Par reconnaissance aux dieux de la Grande Mer, étaient apportés, soit du gros ou du menu bétail, des veaux, des agneaux, des chevreaux mâles sans défaut, soit des oiseaux tels que des tourterelles ou de jeunes pigeons. On y ajoutait de la fleur de farine, de l'huile d'olive, de l'encens, des gâteaux sans levain pétris à l'huile, des galettes sans levain arrosées d'huile ou des gâteaux de fleur de farine frits et pétris à l'huile. Au sein de chaque famille, il revenait à la femme, ou la jeune fille qui avait été choisie pour adresser l'offrande au nom de la famille, de venir près de l'autel la déposer et s'y prosterner. Une fois le tout présenté, elle pouvait faire connaître la requête de la famille pour l'année à venir. Elle attendait ensuite la réponse que les dieux donneraient par l'intermédiaire de BAAHIM. Pour finir, elle repartait avec ces bénédictions, après que le prêtre ait balancé, de part et d'autre, le petit encensoir posé à ses côtés, et l'ait aspergée d'une huile sacrée.

L'épouse du chef du village, Jedda AMIR, fut la première à passer, apportant un agneau sans défaut avec de l'huile d'olive.

—   Que More Land vive ! souhaita-t-elle.

—   Elle vit et elle vivra, la bénit le voyant.

Adatnesess se présenta à son tour, munie d'un panier rempli d'épis nouveaux, rôtis au feu et broyés, ainsi que d'un chevreau :

—   Que cette année nous apporte encore des surprises !

—   Tes paroles sont entendues. C'est la volonté des dieux.

Agatha quant à elle, confia à Ottawa la responsabilité de déposer l'offrande de la famille : deux pigeons et de la fleur de farine arrosée d'huile et d'encens. Dès que la fillette de dix ans termina, elle ne sut quoi dire. BAAHIM, qui jusque-là avait les mains jointes et égrainait son chapelet les yeux fermés, marqua une pause, entrouvrit un œil, et lui dit tout doucement :

—   Ma fille, dis quelque chose. Dis ce que tu veux.

Agatha, debout derrière Ottawa, la pinça discrètement.

—   Aïe, se plaignit la petite fille.

—   Tu attends quoi ? chuchota sa mère.

BAAHIM fermant les yeux poursuivit :

—   Aïe ? Si telle est ta prière ma fille, elle est exaucée.

Les dernières femmes posèrent leurs paniers d'offrandes. Les enfants de BAAHIM couvrirent le tout avec de larges feuilles et les rangèrent. BAAHIM, joyeux, se tint debout et leva les mains vers le ciel pour donner la bénédiction finale. Toute l'assemblée l'écoutait en silence :

—   Vous êtes formidables, mères de More Land !

Vous êtes les meilleures mères de toute la région de la Grande Mer. Vos fruits et les fruits de vos fruits restent les meilleurs de toute la région de la Grande Mer.

De vos entrailles naissent toutes les bonnes choses qui réjouissent le cœur des   hommes.

Je vous dis en ce jour que vos richesses sont éternelles !

Ses deux fils, Aavih et Yehodim reprirent en chœur en levant les mains :

—   C'est vrai !

—   J'annonce en ce jour que vous serez toujours les plus belles.

—   Oui, toujours ! attestèrent les garçons.

—   J'annonce en ce jour que vous serez toujours aimées.

—   Par nous et par tous !

Tandis que BAAHIM continuait de parler, Ottawa scruta le ciel. Puis tirant sur le vêtement de sa mère :

—   J'ai comme un mauvais pressentiment, maman.

Zerech donna un petit coup de coude à sa sœur Noadia, en se moquant :

—   Toujours de mauvais pressentiments.

—   Mais c'est vrai, maman.

—   Tu aurais du parler tout à l'heure quand il le fallait, lui reprocha Zerech.

—   Taisez-vous les enfants, ordonna Adatnesess qui se tenait près d'elles.

Une légère brise traversa la place de la Tente. Aussitôt BAAHIM, humectant l'air, éprouva de la joie :

—   Hum ! Je sens maintenant que les dieux sont heureux.

—   Nous aussi, soutinrent ses fils.

—   Voici, More Land.

Tes terres, tes terres sont les meilleures terres qu'on puisse trouver au monde.

Voici, More Land.

Tes terres, tes terres sont celles qui produisent les meilleurs fruits du monde. Oui, moi-même BAAHIM, je suis témoin de cela.

—   C'est vrai. Nous en sommes témoins, affirmèrent Aavih et Yehodim.

—   Le voyez-vous, habitantes de More Land ?

Les femmes en chœur :

—   Nous le voyons !

—   Le voyez-vous, habitants de More Land ?

—   Oui, nous le voyons !

LES EAUX ASSÉCHÉES

La cérémonie tirait à sa fin. Les dernières familles se présentèrent, chacune à leur tour, afin d'apporter leurs présents aux dieux de la Grande Mer. Toutes repartirent le sourire aux lèvres, comblées par les bénédictions qui leur avaient été adressées pour la nouvelle année. Les deux fils de BAAHIM, Aavih et Yehodim, clôturèrent ce moment avec l'offrande de la famille. Une fois leurs paroles reçues, ils se replacèrent à ses côtés. BAAHIM déposa alors l'encensoir qu'il tenait à la main, ainsi que son chapelet. Il ouvrit les yeux, fixa l'assemblée, puis hocha la tête à l'attention du chef du village. Le moment était venu pour Sem AMIR de s'adresser aux villageois. Il monta sur la marche en pierre de l'autel et leva les bras :

—   Nous avons longtemps attendu le beau temps.

Pendant de nombreuses années, nous avons gardé espoir, eu foi en nos dieux.

Nous avons aimé nos femmes, comme le recommandent nos coutumes. Aujourd'hui, notre patience, notre confiance, nos attentes, nos actions, n'ont pas été vaines.

Le beau temps est définitivement de retour !

Sous les acclamations et les cris de joie des villageois, il poursuivit :

—   C'est pourquoi en ce jour, nous allons nous réjouir totalement et nous souvenir que les dieux ont été et seront toujours avec nous, comme l'a dit BAAHIM. Vive le beau temps !

—   Vive le beau temps ! répéta le peuple.

—   Vive le pays le plus secret du Moyen Orient ! Vivent nos ancêtres les poètes ! Vive More Land !

Sous de nouvelles ovations, Sem fit signe à BAAHIM qui se mit debout, souffla dans son cor en bronze afin de clôturer la cérémonie et faire place aux réjouissances.

Des hommes se mirent à jouer du luth, de la flûte, et des tambourins, en sautant, dansant, et battant des mains. Des femmes émettaient des cris de joie stridents. Les habitants du village laissaient transparaître leur allégresse. Il s'agissait d'un moment convivial, pendant lequel disparaissaient les plus vifs désaccords. Ce jour là, tous enterraient la hache de guerre, s'embrassaient et se congratulaient pour les bénédictions accordées, ainsi que pour le travail effectué pendant l'année écoulée.

Pendant ce temps les femmes et les jeunes filles chargées du service, disposaient sur les peaux de chèvre réservées aux notables du village, ou sur les nappes et les tapis pour les autres, les savoureux plats qui avaient nécessité de longues heures de préparation et d'attention. Les hommes, qui mangeaient entre eux, avaient déjà commencé à échanger sur leur sujet de prédilection : le développement du village. Comme à leur habitude, les plus éloquents orateurs, sous les regards avisés des anciens, prenaient la parole et donnaient leur point de vue concernant les améliorations à apporter. Les femmes, de leur côté, ne s'embêtaient pas avec de telles questions. Elles s'amusaient toujours de voir que, malgré toutes ces discussions et les résolutions qui en découlaient, au fil des années, finalement, les choses n'avaient pas réellement changé à More Land. Le village était demeuré un endroit paisible qui avançait à son rythme, et dans lequel il faisait bon vivre.

Une fois la nourriture apportée, Sem AMIR fit une courte prière et invita les convives à commencer à se restaurer.

Sur les nappes l'on retrouvait, concentrés au centre, les plats principaux, riches en couleur, entourés par de plus petites assiettes contenant les entrées, les condiments, les accompagnements et bien évidemment le pain que l'on pouvait déguster avec l'exquis fromage de brebis que les bergers avaient apporté. Le choix était donné entre des pains fins, ronds et croustillants, d'autres plus épais et de forme ovale, ou encore ceux que préféraient les enfants, plus doux et sucrés à base de lait. Cette année, les compliments étaient plus élogieux à l'attention des cuisinières. Elles avaient su proposer un mélange équilibré de fines herbes, de viandes, de légumes, de produits laitiers et de graines. Le traditionnel ragoût de viande de mouton, baignant dans une riche sauce à base de noix et de grenade, avait été servi avec un riz blanc parfaitement cuit. A ses côtés, était une omelette à base de légumes et de viande bœuf que l'année précédente, tous avaient plébiscité. Chacun pouvait prendre le temps de goûter aux différentes salades, aux légumes frais coupés en fins morceaux, assaisonnés et conservés dans du vinaigre. Les arômes du safran, ainsi que de la cannelle, venaient chatouiller les narines, lorsqu'ils n'étaient pas atténués par la douceur des prunes, des raisins, et des autres fruits que l'on retrouvait dans chaque plat. Les plus gourmands pouvaient terminer leur repas par toutes sortes de pâtisseries, et assurer leur digestion en se servant des verres du thé local. Tous finissaient la fête, repus et satisfaits.

Les plus jeunes eux, infatigables, ayant reçu l'autorisation de sortir de table, courraient déjà dans tous les sens. Un petit groupe, composé notamment de Ottawa et de Yehodim, profita pour s'éloigner en direction de la rivière. Les enfants du village avaient l'habitude d'aller s'y baigner, ou de courir dans les prairies, mais nul n'osait enfreindre les ordres qui leur avaient été donnés de ne jamais s'aventurer dans la forêt. Des histoires, les unes plus effrayantes que les autres, leur avaient été racontées sur cet endroit, écartant toute curiosité qui pourrait leur venir d'y mettre les pieds.

Sur la place du village, un homme s'approcha de BAAHIM. Le vieux prêtre le salua avec enjouement :

–   Comment vas-tu mon fils ? As-tu vu que cette année encore, les dieux de la Grande Mer ont été avec nous ? Cette année sera encore meilleure que toutes les autres, c'est certain !

–   Puissent les dieux être toujours avec nous BAAHIM. Puissent les dieux être toujours avec nous, répétait l'homme pensif.

–   Ils le seront. N'en doute pas mon fils, lui assura-t-il en égrainant son chapelet.

–   BAAHIM, puis-je vous entretenir de quelque chose ?

–   Je t'écoute mon fils.

Le voyant attira l'homme à l'écart, à l'abri des oreilles indiscrètes. Ils n'avaient échangé que pendant de brèves minutes, lorsqu'un grand coup de tonnerre éclata.

–   Qu'est ce que c'est que ça encore ? s'étonna Agatha.

D'obscurs nuages apparurent et couvrirent le soleil. Un vent violent se leva sur le lieu de la Tente, emportant tout sur son passage dans un tourbillon. Les peaux de chèvres et les nappes furent soulevées par endroit, les verres en terre et les chaises renversés, les fleurs et autres décorations éparpillées. La température chuta vertigineusement, le ciel continua à perdre de sa clarté, laissant progressivement place à un épais brouillard verdâtre. Tous avaient de la poussière dans les yeux. Face à cet étrange spectacle, les habitants coururent dans tous les sens pour récupérer leurs enfants, ainsi que leurs affaires. En l'espace d'une dizaine de minutes, la place du village se vida de tous ses occupants, des bourrasques de vent déplaçant çà et là les différents objets qu'ils y avaient abandonnés. Le sol était jonché des restes des plats, des nombreux colliers en fleurs fabriqués pour les enfants pour ce jour de fête, ainsi que des feuilles et branches des arbres rapidement arrachées par le vent.

De retour à la maison, assis dans son gros siège, BAAHIM nettoyait son chapelet recouvert d'une fine couche de sable. Il poussa un grand soupir. Le ciel avait brusquement changé d'aspect, le froid et le brouillard s'étaient installés, et Yehodim, son fils cadet, n'était toujours pas rentré.

—   Yehodim ? Yehodim ? Aavih ?

—   Oui père.

—   Que fait Yehodim? Où est-il?

—   Je l'ignore père.

Quelqu'un frappa à la porte.

—   Va voir qui c'est.

Aavih avança nonchalamment vers la porte et l'ouvrit.

—   C'est Yehodim ! prévint-il.

Yehodim était complètement trempé. Il tenta d'avancer à pas feutrés jusqu'à sa chambre, sans que son père ne s'en aperçoive, mais le bruit qu'émettait ses chaussures le trahissait à chacun de ses pas.

Toujours dans son siège, BAAHIM nettoyait son cor. Tout comme le chapelet qu'il utilisait quotidiennement, ce cor lui avait été remis par son père qui lui même l'avait reçu de son père. Ces deux objets étaient sacrés pour leur famille et se transmettaient de génération en génération. Ils avaient été utilisés par ses pères pour deviner. On disait même que le cor de la famille, à l'époque, avait permis de sauver la population qui vivait près de la Grande Mer de l'invasion des Emim, de puissants peuples descendus des montagnes à col blanc des territoires de l'Ouest. Son aïeul, alors que l'attaque était imminente, avait entendu un dieu lui dire :

—   Prends le cor royal, et tiens-toi sur le haut de la forteresse.

Cet instrument était l'un des symboles de l'autorité et de la puissance du royaume. Il était en bronze et comportait sur sa base des symboles gravés dans une langue inconnue. Se tenant sur les murailles, la sentinelle y avait soufflé pour avertir le peuple de l'approche de leurs adversaires. La légende disait alors, que suite à cela, un épais brouillard avait couvert toutes les vallées environnantes, empêchant les envahisseurs de voir la forteresse du royaume, et d'avancer. Au bout de deux semaines, ces derniers s'en étaient retournés. Ils n'étaient plus jamais revenus dans la contrée, car se disaient-ils :

—   N'attaquons point ce peuple, de peur d'offenser et d'attirer sur nous le courroux des dieux de ce pays, qui ont décidé de les protéger.

Dès lors, la sentinelle et sa famille, les ancêtres de BAAHIM, avaient été désignés par le roi pour accompagner les grands prêtres du royaume. Le cor leur avait été offert. Avec le temps, les pouvoirs de la famille s'étaient accrus, au point d'écarter tous les prêtres, faisant de ses membres, les plus puissants devins du royaume.

BAAHIM poussa encore un soupir, en pensant à cette époque glorieuse. Revenant à lui, et s'adressant à Yehodim sans lever la tête :

—   Que caches-tu ?

—   Rien père ! mentit l'enfant en essayant de dissimuler quelque chose sous sa tunique.

BAAHIM se leva, vint vers son fils resté sur le seuil de la porte du séjour, et lui saisit le bras.

—   Vous me faites mal père.

–   Et ça ? Qu'est ce que c'est ? demanda-t-il en découvrant la peau de son fils.

–   Je suis tombé dans la rivière, murmura le garçon de onze ans, les larmes perlant son visage.

–   Depuis quand tomber dans la rivière peut-il causer ce genre de blessures?

BAAHIM, oubliant la douleur que cela pouvait causer à Yehodim, appuya son bras pour examiner la plaie rouge sombre qui avait davantage l'aspect d'une brûlure.

–   Aïe ! Vous me faites mal !

–   Mais qu'est-ce que... ?

–   L'eau est partie ! déclara Yehodim en séchant ses larmes.

–   L'eau est partie ?

–   Oui père. L'eau est partie.

–   Qu'est-ce-que ça veut dire l'eau est partie ?

Yehodim relata les faits sous l'oreille attentive du voyant.

–   J'étais en bordure du Khoshk, avec Ottawa, lorsque le soleil disparut. Et tout à coup, un nuage vert couvrit la rivière. Les branches des arbres, ainsi que celle sur laquelle nous étions assis, se mirent à se détacher les unes après les autres. Nous nous retrouvâmes dans la rivière, mais il n'y avait plus assez d'eau, et le sol était très chaud. Ce fut ainsi que je me suis blessé le bras.

–   Quand est-il d'Ottawa ?

–   Elle a juste eu une égratignure au front. Mais à peine avais-je eu le temps de me lever, que l'eau de la rivière s'était complètement évaporée.

—   Toute la rivière ?

—   Oui père, toute la rivière.

Chez les BOHOLT Agatha nettoyait les égratignures que s'était faites Ottawa après sa chute.

—   C'est tout ? insista-t-elle auprès de sa fille.

—   Non maman.

—   Et que s'est-il passé d'autre ?

—   Aïe, ça pique !

—   Sois courageuse. Alors ?

—   Alors...alors... sur le chemin de retour, il m'a semblé que les arbres avaient perdu toutes leurs feuilles, et certaines de leurs branches également.

—   C'est certainement une impression due à la présence de ce brouillard vert.

—   Non maman. Même notre jardin a été touché.

—   Le jardin ? Mon jardin ?

—   Oui maman, je l'ai vu en rentrant.

Agatha se précipita dans le potager de la famille, et constata que tout avait été détruit. Courges, épinards, fèves et autres : tous avaient succombé au brouillard. Le sol était recouvert d'un épais tapis vert qui avait fait sécher les plantes. Effarée, elle se mit à hurler :

—   BOHOLT !

Cham qui discutait dans la pièce principale avec ses trois autres enfants, à l'écoute des cris alarmant de sa femme, accourut et fut abasourdi par la scène qui se présenta à lui.

LA DECISION DE QUITTER MORE LAND

Depuis la fenêtre de sa chambre, Jedda AMIR observait la rue principale du village. Elle ne reconnaissait plus rien. En à peine deux semaines, la fête des épis était devenue un souvenir lointain, un jour que tous voulaient oublier. Oublier les mets succulents, les odeurs enivrantes des fleurs, les chants et les airs entraînants, les bénédictions rassurantes : le brouillard vert avait tout englouti en une fraction de secondes. More Land n'était plus qu'une ombre, dévorée tous les jours un peu plus par un mal étrange. La tristesse envahit Jedda, en méditant sur le fait que More Land pouvait subir le même sort que son village natal. Elle secoua la tête, se refusant à une telle éventualité :

—   Non ! Non ! Cela n'arrivera pas. Pas ici. Pas à More Land.

Depuis son arrivée dans le village, Jedda avait pris l'habitude chaque matin d'ouvrir les fenêtres de sa chambre et de regarder en direction du Nord, de la terre qui l'avait vu naître, et en mémoire de ses tendres parents. Cela était également pour elle l'occasion d'écouter les oiseaux chanter, de sentir l'odeur de l'air frais venant des plaines, et de regarder More Land se réveiller en douceur. Tout cela ne faisait à présent partie que du passé. A More Land , il n'y avait plus d'oiseaux pour chanter, plus d'air frais pour donner d'agréables frissons, ni de feuilles d'arbres pour danser au passage du vent. Il n'y avait qu'une odeur sournoise derrière laquelle se cachait une fin qu'elle redoutait.

Se retournant vers son époux étendu dans leur lit :

—   Chéri !

—   Oui.

—   As-tu un plan ?

—   Un plan ?

—   Oui, un plan, insista-t-elle.

—   Je ne vois pas de quoi tu parles, répondit Sem AMIR embarrassé.

—   Comment pourrais-tu être aveugle face à ce qui se passe ? Pourquoi voudrais-tu te mentir à toi-même et à tout ton peuple ? Tu sais pertinemment comme moi que nos terres sont entrain de s'éteindre à petit feu. Ce malheur qui nous a frappé est sans doute l'un des plus graves que nous ayons connu jusque là. Et pire encore, cela va grandissant. Le soleil disparaît. Les ténèbres apparaissent. Et un étrange brouillard met à sec les eaux, détruit les récoltes et tout ce qu'il trouve sur son passage. Ne me dis pas que tu ne songes pas à toutes ces choses ?

—   Tout ça va s'arranger, la rassura AMIR en lui caressant le bras.

—   Cela ne va pas s'arranger, tu le sais bien.

—   Cela va s'arranger. Les dieux l'ont annoncé !

—   A toi ? Quels dieux ? s'emporta Jedda .

—   BAAHIM l'a dit, se défendit Sem.

—   BAAHIM ? BAAHIM !

Ne me dis pas que tu crois à toutes ses sornettes ? Qui ne sait pas que BAAHIM n'a jamais été un véritable voyant ? Tout cela n'est que mensonge et comédie. Les choses deviennent sérieuses et elles prennent de l'ampleur mon chéri. Il faut que tu te réveilles maintenant, et que tu réagisses vite avant qu'il ne soit trop tard.

L'on toqua à la porte :

–   Qui est-ce ? demanda Jedda d'un ton agressif.

–   C'est Arpfa mère.

–   Qu'y a-t-il ?

–   C'est Monsieur SIBAW.

–   SIBAW à cette heure ?

Le couple se prépara rapidement et descendit rejoindre SIBAW Jonas dans le séjour.

–   SIBAW ! s'exclama Sem.

–   Bonsoir AMIR, salua l'invité d'un air grave.
Madame.

–   Que se passe-t-il ?

–   C'est peut être la fin.

–   La fin ?

–   Oui la fin.

–   La fin de quoi ? Quelle fin ? voulut savoir Sem.

–   De tout.

–   Explique-toi ! Où veux-tu en venir ?

–   Tout mon bétail, aujourd'hui...

–   A disparu ? termina AMIR sans réfléchir.

Se laissant tomber sur la chaise près de lui, SIBAW narra les événements :

–   S'il avait disparu, j'aurais pu le retrouver, mais c'est plus grave que cela.

Ce matin, du moins cette nuit, je me suis rendu à la ferme comme d'habitude, et j'ai découvert mon bétail mort et en dehors des enclos.

–   Tout le bétail ? s'en informa Jedda

–   Oui , tout le bétail Madame AMIR.

–   Mais qui a pu faire une telle chose ? s'indigna la femme du chef du village.

–   Personne !

Sem reprenant la parole :

–   Comment ça personne? Il y a bien quelqu'un qui a dû ouvrir les enclos, sinon il n'aurait pas pu en sortir.

–   Justement, personne n'a ouvert.

–   Comment peux-tu en être si sûr, SIBAW.

–   Je le sais à cause des traces qui montrent que le bétail s'est débattu et a forcé les enclos pour en sortir.

–   Non, cela est tout à fait impossible SIBAW !

–   Bien sur que si, AMIR. Il faut que tu me crois. Je ne suis d'ailleurs pas le seul à qui cela est arrivé.

–   Et à qui d'autre est-ce arrivé ?

–   En remontant vers les pâturages de SAADI Sao, j'ai aussi découvert son bétail et certaines bêtes sauvages mortes.

–   En es-tu sûr ?

–   Absolument AMIR !

–   Qu'est-ce-que c'est que ça encore ? réfléchissait Sem.

–   Et... et il n'y a pas que cela. Je ne vous ai pas encore tout dit.

Après avoir pris une grande respiration, il annonça sur un ton sombre :

–   Nasir OLOCK et son épouse Etoura ont tous deux été retrouvés morts.

–   Quand ? sursauta AMIR le cœur battant.

–   Aujourd'hui, dans leur maison, et on ne sait pas ce qui a bien pu leur arriver.

–   Nasir OLOCK dis-tu ?

–   Oui, Nasir OLOCK, confirma SIBAW. Je pense que More Land coure à sa fin !

–   Nasir OLOCK, ne cessa de répéter AMIR.

Tous le monde connaissait Nasir OLOCK. C'était un berger qui vivait à l'extérieur du village. Il y avait des années de cela, avec l'aide de Japhet AFAR et de Sem AMIR, son ami d'enfance, sa femme et lui s'étaient faits construire une maison afin d'être au plus près de leurs bêtes. Les femmes du village leur rendaient fréquemment visite, pour essayer les tenues que leur confectionnait Etoura, sa femme, et passer de nouvelles commandes. Etoura passait la plupart de son temps à tisser, et à broder, grâce à la laine de leurs moutons qu'elle teignait en des couleurs variées. Son époux quant à lui, allait souvent derrière les montagnes avec leurs troupeaux, lorsqu'il n'était pas occupé à préparer les délicieux fromages qu'il descendait régulièrement vendre au village.

La dernière fois que Sem les avait vus, c'était lors de la fête des épis durant laquelle il lui avait semblé que Nasir était ailleurs. Il paraissait préoccupé, mais Sem n'avait malheureusement pas eu le temps d'en évoquer la raison avec lui. Il s'en voulait à présent de n'avoir pu échanger qu'une accolade, et deux ou trois sourires avec son vieil ami. Il n'avait pas su quand sa femme et lui étaient repartis, et d'ailleurs il aurait été incapable de le savoir au vu des circonstances. Mais se dire qu'il ne reverrait plus celui qui était à son cœur plus qu'un frère, était inconcevable pour lui.

SIBAW devait sûrement faire une erreur. Il ne pouvait pas s'agir de Nasir et de Etoura. Pas eux, pas maintenant.

—   Depuis le jour de la fête et l'arrivée du brouillard, expliqua SIBAW, les bergers ne pouvaient plus faire paître leurs bêtes. Ils restaient tous chez eux, dans l'espoir que le soleil refasse son apparition, et que les choses reprennent comme avant. Mais plus les jours passaient, plus il leur semblait que les ténèbres s'appesantissaient. De plus, chacun d'eux avait pu constater que l'herbe et les plantes avaient séché, et que leur bétail dépérissait à mesure que le temps passait. L'eau était polluée, et tout le fourrage, les arbres fruitiers ainsi que les cultures, recouverts d'une mousse verte qui les rendaient incomestibles. Les réserves d'eau et de nourriture ayant commencé à diminuer, lorsqu'elles n'avaient pas été contaminées, au bout d'une semaine, certains bergers s'étaient réunis et avaient pris la décision d'aller chercher à boire et à manger ailleurs. Ils avaient pris quelques réserves et s'en étaient allés.

—   Comment se fait-il que je n'en ai pas été informé ?

—   Je pense qu'ils n'avaient eu, ni le temps, ni la possibilité, de descendre au village. Quoiqu'il en soit, après l'équivalent d'une journée de marche, ils arrivèrent à Keyla et constatèrent que les habitants, envahis eux aussi par le brouillard, avaient quitté les lieux . Du moins, c'était ce qu'ils avaient cru au début. Dans les prairies, il n' y avait plus d'herbes, et une mousse verte recouvrait le sol. Ils se dirigèrent vers les enclos et se servant de la flamme de leurs torches s'éclairèrent. Ils furent horrifiés par ce qu'ils virent : les bêtes étaient toutes mortes. N'ayant plus de chair, leurs peaux sèches collaient à leurs os, les yeux leur manquaient, et dans leurs orifices étaient restés coincés des vers de terre morts.

—   Quelle horreur ! s'écria la femme de Sem écœurée.

–   Oui cela ne devait certainement pas être beau à voir. Ils constatèrent la même chose dans les trois autres villages dans lesquels ils se rendirent, mais ne trouvèrent aucune trace des habitants.

–   Où étaient-ils passés ? s'enquit Sem.

–   On l'ignore. Certainement s'en étaient-ils allés. Alors Nasir et les autres s'enfuirent de ce lieu, et poursuivirent leur chemin. La chose la plus étrange était que les vivres qu'ils avaient emmenés ainsi que l'eau, étaient aussi atteintes par cette affreuse mousse. Souffrant de la faim et de la soif après trois jours, ils prirent le chemin du retour. Ils trouvèrent sur le sol de gros melons qui n'avaient pas encore été touchés par le brouillard. Ils les ramassèrent, en mangèrent quelques uns, et ramenèrent le reste chez eux.

A son retour, OLOCK, hier soir, nous avait fait un compte rendu à SAADI Sao et moi, de ce qu'ils avaient découvert au delà de More Land.

Je me souviens de ces melons qu'ils nous avaient proposé de goûter, heureux d'avoir enfin un produit frais à manger, et de ce que sa femme Etoura avait alors déclaré :

« Es-tu sûr Nasir que nous pouvons les manger sans risque ? »

« Oui, ma chérie. Nous en avons tous mangé sur le chemin du retour, et tu vois bien que nous sommes encore en vie. Cela ne nous a fait aucun mal ! »

Tout comme nous, Etoura avait des réticences. Mais bon!

Nous avions continué à discuter pendant encore quelques heures, puis chacun de nous était rentré chez lui. Nous devions nous revoir ce matin...

Et … et ce matin...

Jonas, la voix pleine d'émotion, s'interrompit un court instant avant de reprendre :

Ce matin, nous les avons retrouvé dans leur cuisine... sans vie.

Que les dieux aient pitié de ces malheureux !

Sem AMIR, son épouse Jedda, ainsi que leurs fils aînés Arpfa et Ashru, ne prononcèrent plus aucun mot pendant de longues minutes. Aucun d'eux ne put refréner ses larmes, car les OLOCK étaient comme des membres de leur famille.

AMIR pensait à Nasir, ainsi qu'aux expéditions qu'ils avaient tous deux mené au-delà de la Grande Mer. Il se souvint de ce soir-là, où Nasir l'avait encouragé à déclarer sa flamme à Jedda, la jeune orpheline que le vieux AMIR, à l'époque le chef du village, avait recueilli quelques années plus tôt. Les deux amis avaient toujours su rester proches, même si ces dernières années, depuis que Nasir et son épouse avaient quitté leur maison au sein du village, ils se voyaient moins souvent.

—   Chéri ! l'interpella Jedda.

—   Nasir OLOCK ! Qu'est ce qui se passe ? susurra encore une fois le chef de More Land.

—   Il est évident que les choses se dégradent à une allure impressionnante, déclara SIBAW.

—   Mais que peut-on faire ? le sollicita AMIR, se sentant désarmé.

—   Qu'est-ce qu'on doit faire, tu veux dire ! rectifia SIBAW. Je pense qu'il est urgent qu'on tienne une réunion avec les huit anciens.

—   Quand ?

—   Dans l'immédiat.

—   Maintenant ?

—   Oui, maintenant, Sem ! dit fermement SIBAW.

—   Et où ?

—   Tu es le chef, à toi de décider ! le lui rappela SIBAW.

—   Informe les autres. Dis-leur qu'on se retrouve tous chez Japhet AFAR.

L'heure était déjà bien avancée, ce soir-là dans le village. Dans de nombreuses maisons, les lampes avaient déjà été éteintes. De la fenêtre de l'une d'elles, on distinguait des silhouettes réunies autour d'un feu de bois. Certaines gesticulaient, tandis que d'autres assistaient sagement à la scène. La réunion qui se tenait chez les AFAR avait rassemblé les huit anciens du village. Il s'agissait de notables appartenant aux plus vieilles familles de More Land. Cela faisait plus d'une heure qu'ils s'étaient réunis, et tous étaient choqués par la situation.

Pendant ce temps, à l'autre bout de la maison, Magog et Gomer, deux des fils AFAR eux, ne dormaient pas encore, mais étaient plutôt préoccupés par la maîtrise des nouvelles techniques de lutte que leur père, Japhet, leur avait enseigné quelques jours plus tôt. Dans leur chambre, ils s'essayaient à de nouvelles prises. Pris par le jeu, ils en sortirent, se bousculèrent dans la cuisine, et tombèrent dans le séjour où se tenait la réunion. Magog, le plus gros, fut renversé par Gomer.

—   T'as triché ! T'as triché ! contestait Magog.

—   Mensonge ! On appelle père, proposa Gomer en se relevant. J'ai gagné.

Tous avaient suspendu leur débat pour assister à la scène. Agatha BOHOLT affichait une moue pleine d'aversion devant eux :

—   Encore ces jeux répugnants !

—   Chérie je t'en prie, la raisonna BOHOLT.

Sans prêter attention aux invités, Magog vint devant son père :

–   Papa, Gomer m'a saisi par les cheveux et m'a fait tomber. Est-ce qu'il a gagné ?

–   C'est pas vrai, contesta Gomer.

Japhet les rappelant à l'ordre :

–   Ça suffit les garçons. Gomer, Magog a gagné donc cesse de discuter, et en plus je suis occupé, alors retournez dans votre chambre.

A contre cœur, les jeunes garçons s'exécutèrent.

–   D'accord.

Ils continuèrent néanmoins à se chamailler à voix basse, sous le regard amusé des autres anciens.

–   Quant à vous Madame BOHOLT, comment pouvez-vous vous permettre de parler de mes enfants de la sorte, s'enflamma Japhet.

–   Je... je ne parlais pas de vos enfants, mais de ces jeux ignobles, s'expliqua Agatha.

Mais Japhet, comme à son habitude, persista, se leva et pointa du doigt la porte en ordonnant :

–   Veuillez sortir de ma maison !

Outrés, Cham et sa femme se levèrent pour quitter les lieux, devant l'embarras des autres anciens. Tandis qu'ils s'approchaient de la porte, BAAHIM se mit en travers de leur chemin et regarda Japhet d'un œil désapprobateur.

–   Du calme JAPHET, voyons.

Japhet continua:

–   Avant de parler de mes enfants, je leur suggère de révéler aux leurs qui sont leurs véritables parents.

Adatnesess laissa échapper un petit sourire narquois, tandis que

SIBAW et Jedda, échangèrent des regards qui en disaient long sur ce qu'ils pensaient de l'attitude de Japhet. BAAHIM saisit le bras de Cham BOHOLT afin de le retenir, et le supplia :

–   N'en rajoutez pas, s'il vous plaît. Surtout, n'en rajoutez pas ! Cela n'en vaut la peine.

Agatha baissa les yeux, blessée par ces propos qui ravivèrent en elle une sourde douleur qu'elle s'était efforcée de dissimuler pendant toutes ces années.

Cham et elle, après leur mariage, n'avaient jamais réussi à avoir d'enfants. Ils avaient consulté longtemps BAAHIM, afin de savoir quelle en était la cause.

–   Vous savez mes enfants, il y a des choses qui ne s'expliquent pas. Certainement le Dieu des dieux en a-il décidé ainsi pour vous.

« Le Dieu des dieux » ! C'était la formule que le vieux prêtre employait, à chaque fois que tout avait été essayé sans succès, après avoir invoqué les dieux de la Grande Mer. Il s'en remettait alors au « Dieu des dieux » que les pères de More Land, jadis, adoraient, reconnaissant qu'en l'espèce, il était le seul à pouvoir agir, et ce même si lui, BAAHIM, n'avait jamais eu d'expérience personnelle avec lui.

–   Il a certainement un plan pour vous deux. Il faut juste que vous y croyiez.

Les années étaient passées, et ni Cham, ni Agatha, n'avaient perçu de bribes de ce plan. Ils avaient fini par être désespérés, et à se résigner à ne jamais pouvoir être parents. Agatha avait alors proposé à son mari de prendre des concubines selon une coutume ancestrale dont elle avait entendu parler, afin d'assurer la lignée des BOHOLT.

Cham, après avoir longtemps hésité, avait fini par se plier au désir de sa femme. Il était allé chercher à Païe, un autre village de la Grande Mer, Mehetabeel, sa première concubine. Elle était tombée rapidement enceinte, et avait enfanté Zerech. Cependant, son accouchement ayant été extrêmement difficile, Pua la vieille sage-femme du village et sa fille Schiphra, n'avaient rien pu faire pour la soulager. Mehetabeel avait rendu l'âme quelques jours plus tard. Maaca, la deuxième concubine de Cham, avait connu, elle aussi, le même sort, après avoir donné naissance à Noadia. Des rumeurs avaient alors circulé dans le village. On avait partout entendu :

– 	Les dieux ont frappé les femmes de Cham, parce qu'elles étaient des femmes étrangères qui ne venaient pas de More Land.

Mais le décès de Chéera, la dernière concubine de Cham, à la naissance du petit Koush, avait mis le feu aux poudres dans More Land. Les BOHOLT étaient devenus les parias du village. Les avis avaient été partagés. Certains avaient dit que c'était Cham qui était maudit par les dieux, tandis que d'autres avaient accusé Agatha d'avoir empoisonné ses rivales, afin de devenir l'unique mère des enfants. Les habitants avaient été unanimes sur un point : ils devaient être bannis de More Land. De vifs débats avaient eu lieu dans le village pendant des mois, avant que le chef du village, BAAHIM ainsi que les anciens ne se décident à réagir en conviant tous le monde sur le lieu de la Tente. Tous avaient gardé à l'esprit les paroles de Sem AMIR :

– 	Cham et Agatha BOHOLT sont des fils du village que le mauvais sort a frappé. Nous vous demandons donc à vous tous, leurs frères, et vous toutes leurs sœurs, de les épauler dans ces malheurs qu'ils ont connu.

Les dieux vous récompenseront d'avoir été bons envers eux au moment où ils en avaient le plus besoin.

Les esprits les plus virulents s'étaient alors calmés, devant cet appel à la compassion, et peu à peu la polémique s'était éteinte.

Dans le salon des AFAR, Sem AMIR tapa fortement dans ses mains pour ramener tous le monde à la raison :

—   Je vous en prie chers camarades. Nous ne sommes pas ici pour cela.

Devant l'intervention du voyant et du chef de village, tous reprirent leur place.

De sa voix douce, Jedda prit la parole :

—   BAAHIM que disiez-vous ?

Le voyant toussa deux fois, afin de reprendre son souffle :

—   Donc je vous disais, qu'il est plus qu' urgent qu'on parte maintenant de More Land pour les Terres Nemeyites.

—   Les terres Nemeyites ? songea Jedda. Non, elles sont trop éloignées. On n'y arrivera jamais.

—   C'est vrai qu'elles sont loin, le lui accorda BAAHIM. C'est aussi vrai que c'est un chemin difficile à parcourir. Mais si nous voulons revoir la lumière du jour, il va falloir faire la distance jusqu'aux terres Nemeyites.

Pensons à nos enfants ! Pensons aux générations futures ! Il faut qu'ils soient fiers, un jour, des choix que nous ferons aujourd'hui.

Adatnesess, toujours émotive, se mit à sangloter. Tous la dévisagèrent, alors elle se ressaisit, et la discussion se poursuivit. Agatha, après avoir écouté les arguments de BAAHIM, se prononça :

—   Je crois que BAAHIM a raison, il faut penser aux générations futures. Je suis pour le sacrifice.

–   Ne pouvons-nous pas trouver un pays plus proche ? plaida Jedda.

–   Je crains que non madame ! infirma SIBAW de sa voix rauque. Avant qu'il ne décède, Nasir OLOCK et ses deux compagnons ont parcouru les territoires de la Grande Mer et ceux se trouvant en bordure de la Mer d'Akadi. Selon ce qu'ils ont rapporté, il n'y a pas de soleil là-bas et les terres ont commencé à s'assécher. Il ne nous serait donc pas avantageux d'y aller.

SAADI, l'un des anciens, qui avec son épouse Mara étaient restés muets depuis le début de la rencontre, prit enfin la parole :

–   Je suis tout à fait d'accord avec SIBAW. Il nous faut migrer sur de bonnes terres. Des terres fécondent que nous laisserons à nos enfants.

Sem AMIR promena les regards sur l'assemblée et la sonda en levant la main :

–   Qui d'autre est pour ?

Les BOHOLT furent les premiers à voter, suivis par Jedda, SIBAW, SAADI et son épouse, les NEBAYOT, les ABEEL, et les KEDAR. Japhet, après quelques minutes de réflexions, se décida également. Voyant que sa femme n'y avait pas participé, il lui indiqua que son tour était venu, mais Adatnesess refusa de l'écouter. Elle se mordillait la lèvre, comme à chaque fois qu'elle avait une décision importante à prendre. Japhet toussota une fois, puis une seconde, et s'apprêtait à parler lorsqu'elle leva lentement sa paume.

La décision de quitter More Land pour les terres Nemeyites fut votée à l'unanimité. Tous réfléchissaient à présent à la suite des événements.

CAPTURES DANS LE DESERT

Agatha s'aspergea le visage en se demandant :

—   Cela se peut-il ? Comment est-ce possible ? Non ! Je me fais des idées, mais pourtant...

Pourtant, elle reconnaissait tous ces symptômes qui allaient dans le même sens. Ces deux derniers mois, son appétit avait augmenté. Elle mangeait tout ce qui lui tombait sous la main, sans pouvoir se contrôler. Tous les matins, elle avait droit au même rituel. Des nausées lui prenaient les entrailles, et ne la quittaient qu'en fin de matinée. Elles étaient remplacées par des vertiges, de grandes fatigues, ou encore des sautes d'humeur. Au début, ne voyant plus les petits désagréments mensuels auxquels ont droit la majorité des femmes, elle avait cru que, de manière précoce, ceux-ci s'étaient définitivement arrêtés. Mais, n'ayant pas encore atteint la quarantaine, cela lui était difficilement concevable. La seconde hypothèse, elle aussi, lui paraissait invraisemblable. Cependant, elle voulait y croire, et se disait :

—   Et si après toutes ces années, le « Dieu des dieux » de BAAHIM avait fini par exaucer leur prière.

Debout au salon, Sem et ses fils attendaient Jedda.

—   Jedda !

Elle répondit depuis la cuisine :

—   J'arrive.

Madame AMIR avait rangé dans des sacs en toile, toute la nourriture nécessaire pour le voyage. Elle terminait d'emballer le pain qu'elle avait fait la veille pour la famille. De l'autre côté de la maison, Sem discutait avec ses enfants, et essayait tant bien que mal de leur expliquer la situation. Son fils Aram, en refermant son bagage, s'inquiéta :

—   Est-ce qu'on revient bientôt ?

Son frère, Lud, ne manqua pas de répondre avec enthousiasme :

—   Oui !

Arpfa, le plus âgé, qui aidait son père, le contredit :

—   Non.

—   Si, maman a dit, protesta Lud.

Ashru, le frère jumeau de Arpfa, le prit sur ses genoux, et lui confirma, chagriné :

—   Non, on ne reviendra plus.

Lud se mit à pleurer. Aram, les larmes aux yeux, tenta de se convaincre du contraire auprès de son père :

—   C'est vrai papa ? On ne reviendra plus ?

Jedda du pas de la porte avait suivi toute la scène. Elle eut un pincement au cœur, mais devant ses enfants, n'en laissa rien paraître. Et d'une voix qu'elle voulait la plus normale possible, s'essuyant les mains sur son tablier :

—   Allez, c'est bon j'ai fini.

—   Tu en a mis du temps, lui fit remarquer son époux, néanmoins soulagé de la voir.

—   Papa, est-ce-que ce que Ashru a dit est vrai ? persista Aram.

Jedda arrangeant le col de son fils :

—   Qu'est-ce qu'il a encore dit Ashru ?

—   Rien de spécial, on y va ! acheva Sem, accompagnant ses paroles d'un geste de la main.

Sur la place du village, au lieu de la Tente, BAAHIM et ses fils avaient allumé un grand feu de bois autour duquel s'étaient réunis tous les habitants de More Land.

– Peuple de More Land, approchez-vous tous de moi, les convia Sem après avoir brûlé de l'encens.

L'inquiétude et la crainte se lisaient aisément sur le visage du chef de village, d'habitude si jovial. Tous s'accordaient sur le fait qu'il avait toujours rempli dignement ses fonctions. More Land avait toujours vécu dans la paix et la sécurité. Ses terres étaient parmi les plus fertiles de la région, et son bétail de grande qualité. Sa rivière et ses plaines demeuraient florissantes. On ne s'y ennuyait pas ! Des fêtes étaient organisées à chaque nouvelle lune, les hommes allaient à la pêche, ou à la chasse, les femmes brodaient de splendides tuniques et s'échangeaient leurs recettes. Les soirs d'été BAAHIM relataient de vieilles légendes aux enfants du village devant un feu, au bord de la rivière Khoshk. Les habitants des villages voisins venaient souvent y troquer des marchandises, et parfois ne repartaient plus. L'harmonie régnait entre tous, malgré les chicanes de certaines villageoises dont Adatnesess et son groupe, les colères fréquentes de l'imposant Japhet AFAR, la mauvaise foi des voisins de la rue principale dont les enfants, étonnamment grassouillets pour leur âge, douze et treize ans, faisaient souvent de mauvaises blagues aux bergers, colorant de safran les toisons des moutons, écrasant les plantes des potagers des femmes, et arrachant aux petits enfants les gâteaux qui leurs étaient destinés. Sem AMIR avait toujours su trouver des solutions pacifiques. Il privilégiait le dialogue et était respecté par tous, même par les chefs des contrées voisines.

Fils de l'ancien chef de village, Sem avait pris la relève lors du décès de son père, après la naissance des jumeaux, Arpfa et Ashru. Avoir des jumeaux comme premiers-nés n'était pas commun, et soulevait des difficultés sur le plan de la succession à la tête du village. L'usage était de considérer comme héritier légitime le premier-né des deux.

—   Mais comment le déterminer au vu des circonstances de leur naissance ? avait demandé Sem à l'époque à son père.

En effet, lors de l'accouchement de Jedda, l'un des enfants avait présenté sa main. Aussi Pua, la sage femme, y avait-elle noué un fil rouge, afin de pouvoir distinguer par la suite les jumeaux. Elle s'attendait à ce qu'il sorte, lorsque le nourrisson avait retiré sa main et avait laissé la place à son frère, qui fut le premier à pousser des cris. Confuse, Pua n'avait sut lequel des deux considérer comme l'aîné. Les anciens du village avaient finalement décidé que le titre d'héritier devait revenir à celui qui était né le premier, à savoir Arpfa.

Sem s'imaginait qu'après les événements de ces derniers jours, il ne serait certainement plus question de succession, ni d'un quelconque avenir pour More Land. Face au peuple, sur le lieu de rassemblement, tandis que le feu crépitait, et que l'agitation régnait, il s'arma de courage :

—   Peuple de More Land !

Il y avait encore de petites voix qui se faisaient entendre parmi les villageois, tandis que AMIR essayait de s'exprimer.

—   Peuple de More Land ! recommença-t-il plus fort.

Tous firent silence.

—   J'aurais voulu prendre la parole pour vous annoncer de bonnes nouvelles, mais vous le constatez vous-mêmes, ces derniers temps ont été difficiles, et le malaise va grandissant.
Ainsi que nous l'avons annoncé, et chacun de vous le sait aujourd'hui, nous

traverserons la Mer d'Akadi pour de nouvelles terres. Des émissaires conduits par Nasir OLOCK, paix à son âme, ont parcouru toute la région, sans pouvoir trouver de lieu où séjourner avec nos familles. C'est pour cette raison que les anciens et moi, avons décidé de migrer sur les territoires Nemeyites.

Des murmures s'élevèrent. Certains levaient les yeux au ciel, d'autres chuchotaient des paroles aux oreilles les uns des autres, des regards pleins d'appréhension se croisaient : tous protestaient face aux anciens.

— 	Les terres Nemeyites ? Les terres Nemeyites ? Non. Non. C'est pas possible. On n'y arrivera jamais.

AMIR leva les bras :

— 	S'il vous plaît ! S'il vous plaît !

Les plaintes continuaient.

— 	Non. Non... Non. Non. C'est loin. C'est loin. C'est pas possible. C'est loin. C'est loin. C'est pas possible.

— 	Écoutez ! les exhorta Sem.

Les oppositions devinrent de plus en plus fortes.

— 	C'est loin. C'est loin. Pas possible. Pas possible. Nous allons mourir. C'est fini. Nous allons mourir. C'est fini. Oh non !

BAAHIM, qui se tenait près de AMIR, siffla fortement de son cor. Tout le monde se tut. Alors, Aavih et Yehodim, entonnèrent un chant.

Je sais ces choses, mais je n'ai pas peur.

Non, je n'ai pas peur.

Je sais ces choses, mais je n'ai pas peur.

Non, je n'ai pas peur.

Pendant qu'ils chantaient, BAAHIM et ses fils allumèrent leurs torches. Les villageois se joignirent à eux, et commencèrent à en faire de même. Tous prirent le chemin du départ, en direction de la Mer d'Akadi, dans le Golf Persique.

La marche à travers les Monts Zagros fut longue et pénible. L'air était sec, les chemins sinueux et rocailleux, propices aux chutes. Les villageois avaient quitté More Land en prenant les maigres provisions qui leur restaient, ainsi que quelques vêtements de rechange. La consigne donnée par les anciens était que la route étant longue, il ne fallait pas s'encombrer de choses inutiles. La plupart de leurs bêtes avaient fini par succomber au brouillard. Les autres qui les accompagnaient étaient affamées et assoiffées. Au fil du chemin, ils durent délester certains ânes dont les charges étaient bien trop importantes.

Après de longs jours d'efforts, ils arrivèrent éreintés, devant la Mer d'Akadi. Certains s'assirent sur le sable et y plantèrent leurs torches. Agatha ôta son voile, ouvrit son outre, et versa de l'eau dans les mains du petit Koush. Elle lui nettoya délicatement le front, tandis que BOHOLT et Ottawa, s'étant approchés du rivage, scrutaient l'horizon pour tenter d'apercevoir les côtes de Lat Oryx, dissimulées par le « brouillard vert », ainsi qu' on l'avait surnommé. Adatnesess enleva ses chaussures, et alla se rafraîchir les pieds. Elle invita Jedda ainsi que ses fils à la rejoindre. Celle-ci encouragea Lud à y aller, mais le petit garçon s'agrippa aux jambes de sa mère. Jedda tourna la tête en direction de son mari qui se tenait à l'écart avec BAAHIM et les autres anciens. Ils s'entretenaient certainement de la traversée.

Les anciens avaient prévu emprunter les eaux de la Mer d'Akadi pour rejoindre de nouvelles terres. Toutefois, aucun n'était certain que les canots laissés par les habitants du Lat Oryx se trouvaient encore de ce côté-ci de la rive, et encore moins de l'état dans lequel ils allaient les récupérer. Grande fut leur surprise d'en découvrir une vingtaine sur la plage. Après les avoir inspectés, ils choisirent ceux qu'ils pouvaient utiliser. Certains hommes, dont le charpentier du village et Japhet AFAR, furent appelés pour effectuer de légères réparations. Pendant ce temps, les femmes déposèrent sur les peaux de chèvre, la nourriture que chacun avait apprêté pour le voyage afin que tous puissent reprendre des forces. Les hommes reprirent par la suite leurs ouvrages pour certains, tandis que femmes, enfants, et vieillards, se reposèrent.

De son coté, BAAHIM vint près du rivage. Il retira ses chaussures, jeta sa tunique et s'avança dans l'eau. Il sortit son chapelet, observa longuement la mer avant de prendre de l'eau dans ses mains, et de se laver le visage. Lorsqu'il ouvrit les yeux, il revit le visage de Nasir OLOCK.

— Je fais des rêves affreux depuis des semaines, BAAHIM. Je vois toujours les mêmes scènes et la même personne venir me parler.

— Raconte-moi tout mon fils, l'y avait incité BAAHIM, en l'attirant à l'écart, lors de leur rencontre, à l'occasion de la fête du mois des épis.

— La nuit venue, couché dans mon lit, je tombai dans un profond sommeil. Je sentis une frayeur et une grande obscurité m'assaillir, et au milieu de tout cela, un homme vêtu de poil, une ceinture de cuir autour des reins, se présenter à moi.

Il me dit : « Un grand malheur va bientôt s'abattre sur le peuple de More Land, car il a abandonné son dieu, le Dieu des dieux ». Une fois ces paroles prononcées, des flammes de feu et de la fumée s'élevèrent et consumèrent tout. Aussitôt je me réveillai. Je fis ce même rêve pendant deux semaines, sans savoir ce que cela signifiait.

–   Ah mon fils, ce n'est rien. Tu n'as pas à t'inquiéter. More Land a toujours été bénie des dieux. Ils l'aiment et la protègent. Rien ne nous arrivera. Non, jamais ! Parole de BAAHIM.

Leur conversation avait été écourtée par le tonnerre, le vent violent, et tout ce qui s'en était suivi, comme si la nature avait voulu contredire les paroles du voyant. BAAHIM admit en son for intérieur que, ce jour-là, il avait compris le songe qu'avait fait Nasir. Cependant, face au trouble qui animait déjà ce dernier, il avait tenté de demeurer impassible. Ce rêve n'avait rien à voir en vérité avec les dieux de la Grande Mer, du moins pas directement. D'après la description qui lui avait été faite, BAAHIM avait reconnu, de manière incontestable, que celui qui s'était révélé à Nasir, n'était autre que le Prophète.

Peu de personnes en réalité connaissait les véritables origines du village de More Land. Tous la voyaient comme une terre fertile sur laquelle leurs ancêtres avaient migré. Cependant, il ne s'agissait là que de la version officielle que l'on avait voulu faire croire à tous.

Dans les territoires au delà des terres Nemeyites, vivait autrefois, un peuple qui n'adorait qu'un seul dieu : le Dieu des dieux. Ce peuple était prospère et craint par tous les autres, car il était toujours soutenu par son dieu qui lui faisait gagner toutes les batailles dans lesquelles il s'engageait. Son dieu était très généreux. Il lui accordait tout ce qu'il y avait de meilleur. La seule chose qu'il lui demandait en retour, était de lui rester fidèle. Pour cela, il lui avait interdit de se mêler aux autres peuples qui eux, avaient plusieurs dieux et idoles devant lesquels ils se prosternaient. Il lui avait donné plusieurs règles afin de régir la vie de la communauté. L'une d'elle prévoyait qu'une personne qui frapperait une autre mortellement soit punie de mort, sauf dans le cas où elle ne l'aurait pas fait intentionnellement, et qu'elle n'aurait employé, ni la ruse, ni dressé d'embûches. Cette personne avait alors la possibilité de se rendre dans un lieu où elle pouvait trouver refuge contre le vengeur de sang, évitant ainsi qu'elle ne soit mise à mort, avant d'avoir comparu devant l'assemblée pour être jugée. Plusieurs villes avaient été prévues à cet effet dont More Land, cité de refuge située au delà de la Grande Mer. Son chef à l'époque était un homme puissant qui pouvait parler avec le Dieu des dieux, et servait d'intermédiaire entre lui et le peuple. On l'appelait : Le Prophète. Il faisait respecter les lois de ce dieu, accueillait les personnes en détresse, et les aidait à se reconstruire en leur donnant un toit, un travail, et leur apprenant à honorer le Dieu des dieux pour ses bienfaits. More Land était, au fil des années, devenue une terre bénie, mais énormément convoitée.

BAAHIM secoua la tête, refusant de penser à la fin de cette histoire. Il préférait, pour l'instant, se concentrer sur la traversée de la mer. Il referma encore une fois les yeux, puis les ouvrit, se retourna, récupéra ses chaussures, et se rhabilla.

—　　　Nous avons l'autorisation des dieux pour traverser la mer d'Akadi, annonça-t-il aux anciens qui poussèrent des soupirs de soulagement.

Il prit ensuite son cor et y souffla, afin d'avertir tous le monde que l'heure du départ avait enfin sonné. Les canots étaient prêts à accueillir la centaine de voyageurs. Les familles furent dirigées par les anciens et autres notables du village qui en avaient chacun la responsabilité. La famille BOHOLT finit par se retrouver avec BAAHIM et ses fils dans leur embarcation, ce qui fit la joie de la jeune Noadia qui appréciait particulièrement la compagnie de Yehodim. Elle se mettait à rougir, et perdait tous ses moyens à chacune de leur rencontre.

La traversée des eaux de la Mer d'Akadi débuta lentement. Les hommes pagayaient sereinement, car la mer était calme. On entendait les enfants qui chahutaient, les bébés qui pleuraient, mais les adultes eux, ne disaient aucun mot. La petite gazelle à goitre était, elle aussi, du voyage.

Le jour du départ, elle avait suivi le jeune Tarage et Adatnesess, et avait refusé de repartir dans la forêt, alors que les AFAR avaient tenté à plusieurs reprises de la faire fuir. Elle avait, contrairement à la plupart des autres animaux, supporté la marche dans les Monts Zagros et ne semblait point effrayée par la traversée de la mer. Mais faute de place dans les embarcations, la décision avait été prise d'abandonner les animaux sur la plage.

—   Nous allons laisser ici nos bêtes. Elles sont bien trop faibles pour poursuivre le voyage avec nous. Détachez-les, et laissez-les s'en aller, avait préconisé Sem AMIR .

Ce fut avec regret que les villageois s'exécutèrent, n'ayant pas d'autre choix. Les animaux étaient en piteux état. Amaigris, blessés, ils s'étaient affalés sur le sol sans pouvoir se relever. Seule la petite gazelle à goitre avait su garder son énergie. Elle avait suivi les AFAR docilement, dans les moindres de leur déplacement. Tarage n'avait cessé de pleurer et s'était agrippé à elle, refusant de partir sans elle. Son père était intervenu en l'en arrachant et installant l'enfant dans les bras de sa mère. Ce ne fut que lorsque les premiers canots commencèrent à s'éloigner du rivage, que la petite bête réalisa le sort qui allait être le sien. Elle avait alors, au grand étonnement de tous, courut dans leur direction, et s'était retrouvée dans l'eau. Japhet avait regardé Tarage, encore en pleurs, et ses autres fils dont les yeux plaidaient en faveur de leur animal de compagnie. Il avait fini par la retirer de l'eau et la prendre avec eux. La gazelle s'était paisiblement endormie aux pieds de Adatnesess.

A environ deux cent cinquante mètres des rives de Lat Oryx, BAAHIM sortit son chapelet de la poche de sa tunique et se mit à répéter une phrase en chuchotant :

—   Ancien des jours, toi dont nous ont parlé nos pères et les pères de nos pères, révèle-toi à nous !

Après une cinquantaine de mètres, Ottawa se leva brusquement et se tint debout, au bord du canot. Ses yeux étaient fixes comme regardant dans le vide, et elle demeura immobile. Agatha sa mère s'alarma :

—   Que fais-tu Ottawa ?

Son époux et elle se levèrent précipitamment pour la ramener, mais BAAHIM les en empêcha. Il se dressa devant eux et étendit la main pour les arrêter.

—   Que fais-tu BAAHIM ? s'emporta Agatha tentant de le repousser.

—   Elle va tomber dans l'eau ! s'affola Cham.

—   Attendez, elle ne tombera pas. Attendez ! dit BAAHIM calmement.

Tout à coup la température chuta. Ils frissonnèrent tous, puis se figèrent, comme hypnotisés. Ottawa assista à la scène, mais ne put se mouvoir. Elle cligna des yeux, et un frisson parcourut tout son corps. Elle eut une sensation étrange : il lui semblait qu'elle ne contrôlait plus son corps. Autour d'elle, les bruits des villageois et des eaux cessèrent. Après des minutes qui lui parurent interminables, elle perçut des mouvements tels ceux d'une personne qui approchait. Les flammes des torches devinrent plus vives, éclairant toute la mer. Et la peur s'empara d'elle lorsqu'elle vit un vieillard, vêtu d'une longue tunique blanche, avancer dans sa direction. Son cœur se mit à battre. Elle voulut crier, appeler ses parents à l'aide, mais aucun son ne parvenait à ses lèvres. Elle pensa à se cacher, mais impossible de bouger ses membres. Elle se demandait si elle rêvait, ou s'il s'agissait de la réalité. Elle n'avait jamais rien vu de pareil. Le visage rayonnant de l'homme était encadré par une longue chevelure et une barbe blanches. Son regard était insoutenable tel des braises. Sa tunique brodée de fils d'or, au niveau du col et des manches, était retenue à la poitrine par une large ceinture en or. Il marchait délicatement sur les eaux de la Mer d'Akadi, et parvint à la hauteur de Ottawa qui sentit son souffle se couper, lorsqu'il prononça dans son oreille droite :

–   Que toujours la vie soit en toi !

Ottawa ne sut, ni pourquoi, ni comment, mais elle réussit à ouvrir la bouche et à répéter :

–   Que toujours la vie soit en toi !

Au même instant, depuis l'autre rive, la lumière du jour parut. Elle arriva à leur niveau, et chacun revint à lui. Les voyageurs n'eurent aucun souvenir de ce qui venait de se produire, à l'exception de Ottawa et de BAAHIM.

–   Que fais-tu Ottawa ? Assieds-toi, c'est dangereux, la pria Agatha. Oh mon dieu, avez-vous cela ? Le soleil. C'est le soleil !

Tous poussèrent des cris de joie devant ce soleil qui était réapparu et qui brillait de tout son éclat.

–   Nous allons vivre ! Nous allons vivre, se réjouit Schiphra, la sage femme assise à côté de BAAHIM.

Zerech distingua une île qui se dessinait devant eux.

— Maman, c'est sur cette île que nous nous rendons ?

— Non, répondit sa mère en découvrant les terres au loin. C'est plutôt sur celle qui est à gauche.

— Quel est cet endroit maman ? demanda Noadia.

Agatha souriant :

— C'est Barine : le rein de la création. C'est un pays où l'on vend toutes sortes de pierres précieuses et de bois.

— C'est là-bas que vous avez acheté du bois papa et toi pour les meubles de la maison ? s'informa Ottawa.

Zerech se mit à rire.

— Non Ottawa. Il parait que le premier homme et la première femme sont venus au monde sur ces terres, raconta Agatha.

— Et comment s'appelaient-ils ?

— L'homme s'appelait Dam et la femme Mess.

— Avaient-ils des parents comme papa et toi ? continua la petite fille venue se blottir dans les bras de sa mère.

— Je ne sais pas s'ils avaient des parents, mais l'histoire rapporte que c'est le Dieu des dieux qui les a fait venir au monde. Il vit à Pique Nocif.

— C'est où Pique Nocif ?

— Personne ne sait où se situe cet endroit.

— C'est un conte de fée malheureusement, railla Cham.

— N'écoute pas ton père ! protesta Agatha. Pique Nocif existe bel et bien.

Agatha en resta là, et fredonna un petit air jusqu'au bout du voyage.

Les canots atteignirent enfin les rives de Lat Oryx. Tous descendirent les uns après les autres, les jambes affaiblies par le voyage. Ils regardèrent autour d'eux, heureux d'être arrivés à destination. Sur la plage, se tenait un vieillard vêtu d'une longue tunique blanche, agrémentée d'une large ceinture en or. Il accueillait chaque passager :

—   Bienvenu ! leur souhaitait-il.

Ce visage n'était point inconnu de la jeune Ottawa. Elle savait qu'elle l'avait déjà croisé quelque part, mais où ? Aussi lorsqu'elle arriva à son niveau, elle le fixa longuement avant d'avancer.

—   Bienvenu ! adressa le vieillard à Sem AMIR.

Sem lui tendant la main :

—   Bonjour ! Je suis Sem, le chef de More Land. Le chef du village de More Land dans la région...

—   Je le sais. Bienvenu ! lui coupa la parole l'homme.

Sem, surpris par ces paroles :

—   Comment le savez-vous ?

—   Je sais où se trouve ce village, s'expliqua le vieillard.

—   Ah ! Et où sont passés les pécheurs ? demanda-t-il en observant les lieux.

Mais le vieillard s'adressait à présent aux autres villageois qui passaient devant lui :

—   Bienvenu !

—   Vous m'entendez ? insista le chef.

—   Bien sûr, répondit il.

Pourtant il continua :

—   Bienvenu !

–   Pourquoi tous ces bienvenus ? s'impatienta AMIR.

–   Sem !

–   Oui. Vous connaissez mon nom ? s'étonna-t-il alors.

–   Pourquoi recherches-tu les pécheurs ?

Toujours aussi calme, il déclara :

–   Ce n'est pas ici votre destination.

–   Qui vous l'a dit ?

Le vieillard retourna vers les canots, et AMIR le suivit. Examinant attentivement le ciel, il avança vers les eaux :

–   Les ténèbres sont en train de revenir. Sentez-vous cette odeur d'encens ?

C'est le parfum des ténèbres. Dépêchez-vous de traverser le Lat Oryx. Surtout ne restez dans aucune ville de ce territoire. Il n'y aura pas de paix ici pour vous.

–   Qui êtes-vous ? l'interpella Sem, tandis que l'homme montait dans un canot, et s'éloignait déjà. Qui êtes-vous ?

S'étant retourné, Sem constata que le groupe était déjà loin. Il se mit à courir et le rattrapa, alors qu'il stationnait devant la porte de sortie de Lat Oryx.

–   Qu'est-ce qui se passe ?

–   Les familles NEBAYOT, KEDAR et ABEEL ont décidé de rester ici, expliqua SIBAW.

–   Où sont-ils ?

–   Là!

Le vieux NEBAYOT voyant le chef de village de retour, se réjouit :

–   Ah ,voici Sem. Sem !

AMIR s'inclina respectueusement devant le vieux notable, puis l'interrogea :

—   NEBAYOT, mais qu'est-ce-que vous faites ?

NEBAYOT avait du mal à respirer. Le vieil homme appartenait à l'une des plus anciennes familles du village. Il avait épaulé autrefois le père de Sem dans ses fonctions. Il se distinguait par sa sagesse, son intégrité et sa grande richesse. Il avait épousé deux femmes, des sœurs, car il n'était pas parvenu à faire un choix. D'elles, il avait eu une vingtaine d'enfants, dont la plupart, avaient quitté More Land pour s'installer dans les territoires au delà de la Grande Mer. Malgré son âge avancé, son courage et sa force ne l'avaient pas quitté jusque-là. Mais la marche de ces derniers jours avait eu raison de lui. Ses pieds n'arrivaient plus à le porter, son cœur s'affolait au moindre effort, et une douloureuse entorse le faisait ralentir. Aussi, il admit :

—   Nous ne pouvons plus continuer le chemin, Sem.

—   Il le faut, l'encouragea-t-il.

—   C'est trop éprouvant pour nous et nos familles, s'opposa NEBAYOT.

Le vieux KEDAR, bandant le pied de son ami, ajouta :

—   Nous n'avons plus l'âge pour cela, et nous avons avec nous des personnes malades.

—   Nous allons nous entraider, il faut tenir encore. Je vous assure qu'il faut continuer. Ce n'est pas un endroit pour vous ici, assura le chef du village.

Puis se retournant vers le reste groupe :

—   J'ai besoin de tous les hommes. Rapprochez-vous. Il faut qu'on se serre les coudes.

Mais ABEEL attrapa la main de Sem :

– Non, Sem. Il faut qu'on s'arrête ici. Ce lieu est certainement l'endroit que les dieux ont décidé pour nous.

– Mais...

– S'il te plaît, n'insiste pas ! Conduis ce peuple jusqu'à destination. Pour nous, le chemin s'arrête ici, conclut le vieux forgeron.

Sem, la gorge nouée, savait que les trois notables avaient raison : ils n'étaient plus à même de poursuivre le voyage. Déjà aux Monts Zagros, le groupe avait du s'arrêter plusieurs fois pour les attendre. ABEEL avait eu des malaises à deux reprises. Cependant, AMIR se refusait à abandonner ceux qui l'avaient tant soutenu depuis la mort de son père. Il leur en était si reconnaissant ! C'était grâce à eux, que s'étaient apaisées les passions soulevées au sein du peuple par la mort des concubines de Cham BOHOLT. C'était eux, qu'il consultait en secret en cas de problème relatif au village. Et c'était également eux, qui lui avaient assuré, qu'au regard de la situation, la migration était inévitable. Sem retint ses larmes, et prit tour à tour dans ses bras, NEBAYOT, KEDAR et ABEEL : ses pères. Les villageois se succédèrent pour faire leurs adieux aux trois familles. Jedda pleurait comme le reste des femmes. NEBAYOT, l'embrassant tendrement, lui dit :

– Reste forte ma Reine. Reste forte.

Ensuite, le groupe s'éloigna. Certains en avançant, regardaient en arrière le visage de ceux qui restaient sur le chemin, dans cette terre inconnue. Sem AMIR qui avait reçu la bénédiction des trois hommes, se sentit curieusement fortifié. En tête du cortège, il semblait ne plus être le même, et regardait droit devant lui, sans se retourner.

Passant par ALMARAT, le pays des faucons pèlerins, ils contournèrent le désert d'Arabie et atteignirent la région des « Châteaux de Maguette ». Dès qu'ils s'engagèrent sur le chemin des « tombeaux perdus », les quelques plantes qui semblaient mortes, que Agatha avait emporté de leur potager, se mirent à fleurir, à grandir, et à donner des fruits qui déchirèrent le sac, et le firent tomber.

– Mon jardin fleuri ! s'écria Agatha. Notre jardin. Il n'était pas détruit.

– Il donne des fruits, ajouta BOHOLT.

Les villageois s'approchèrent et entourèrent le couple pour observer la scène. BAAHIM se baissa, récupéra l'un des fruits qui roula par terre, et le mangea.

– En plus, ils sont frais ! Mes chers amis, c'est un signe. Les dieux sont avec nous ! proclama BAAHIM en sautant de joie, le jus du fruit coulant sur sa grosse barbe grise.

Tandis que les BOHOLT et BAAHIM distribuaient les nombreux fruits aux membres de la communauté, les enfants de Japhet AFAR improvisèrent un jeu.

– Seklab, on fait une course ? proposa gaiement Gin.

– Je suis épuisé, se plaignit Seklab.

– La marche ? suggéra Gin.

– La marche ?

– Oui, la marche, redit Gin en mimant les gestes.

– D'accord, accepta son frère en se mettant en position pour le départ.

–   Je participe aussi, s'invita Turk.

–   Moi aussi, les rejoignit Khalage.

Gin regarda ses frères :

–   Qui compte ?

Khalage se proposa :

–   Moi. Jusqu'à six. Un, deux, trois, quatre, cinq, six.

S'étant éloignés du groupe, les enfants de Japhet entendirent des bruits de chevaux qui galopaient à vive allure. Avant qu'ils n'aient eu le temps de réaliser ce qui se passait, ils furent entourés par des cavaliers armés de sabre : les fameux « Rebelles du Djebel Al Qara ». Ils se distinguaient par les turbans noirs qu'ils enroulaient autour de leur tête, ainsi que les impressionnants sabres ceints dans des fourreaux en argent. Sous les regards impuissants du groupe, ils capturèrent les garçons en jetant sur eux un grand filet de pêche.

–   Il faut s'échapper. Ce sont les rebelles du désert ! avertit BAAHIM.

–   Non. Mes fils ! refusa Japhet.

–   Il faut s'enfuir. Les dieux gardent tes enfants ! le tirait en arrière BAAHIM afin de le raisonner.

–   Quels dieux ? Je ne m'enfuirai pas sans mes enfants ! déclara le vigoureux AFAR en s'élançant vers eux.

Les villageois laissèrent leurs bagages et s'enfuirent tous, à l'exception de Japhet, qui sans réfléchir, se dirigea vers les rebelles afin de libérer ses fils qui venaient d'être capturés.

DES ABSENTS DANS LA CITE PERDUE

Pieds et mains liés, avançant au rythme de la cravache que faisait siffler l'un des rebelles, Japhet AFAR, le visage en sang, pour la première fois de sa vie ressentait ce que cela faisait d'être : vaincu !

Tout le groupe avait été saisi. En tentant de secourir ses enfants, il avait mis en péril le reste du peuple. De l'endroit où ils étaient, cachés par les rochers, ils ne pouvaient être vus par les rebelles. Mais les cris émis par Japhet bondissant sur eux, les alertèrent, et les menèrent vers le reste de la communauté qui, essayant de fuir, fut néanmoins rattrapée par les cavaliers et leurs puissantes montures. L'aspect de ces dernières était particulier. A leur vue, les plus jeunes enfants se cachèrent les yeux. Les mors placés dans leur bouche laissaient entrevoir ce qui s'apparentait davantage à des crocs qu'à des dents. De la fumée s'échappait de chacun de leur hennissement, et leurs sabots étaient aussi lourds que des pattes de félins. En grand nombre, à l'approche du groupe, ces bandits du désert s'étaient séparés, chacun jetant son filet pour saisir les fuyards. Quelques minutes plus tard, Wallas, l'un des conseillers de YADJI, leur chef, revint avec les derniers villageois en fuite.

—   Combien sont-ils ? se renseigna YADJI, dressé sur son cheval.

—   Une bonne dizaine, jubilait Wallas.

—   Très intéressant. Bon boulot Wallas ! le félicita-t-il en se frottant les mains.

Wallas sourit fièrement :

—   Merci chef.

—   Et toi, Cache-eaux ?

–   Ils sont quinze. Par contre, celui-ci semble être en mauvais état, fit remarquer Cache-eaux en montrant l'un des prisonniers.

YADJI descendit de son cheval :

–   Laisse-moi vérifier cela.

Il vint près de l' intéressé, lui toucha le front et le cou avec sa paume.

–   Ça ne va pas ?

Le front perlé de sueur, BAAHIM souffla :

–   Hum...

YADJI posa le genou par terre, devant le malade, et le questionna lentement :

–   Qu'est-ce-que tu as ? Quel est ton nom ?

–   BA … BA... BAAHIM, articula-t-il avec peine.

YADJI l'observa minutieusement. Il vit le cor qu'il portait à son épaule, ainsi que le chapelet qu'il avait à son cou. Il s'aperçut qu'il était habillé d'une tunique grise, finement tissée, et avait des bracelets en argent portant des inscriptions indiquant qu'il était issu d'une famille noble. Aussi, YADJI s'informa :

–   Tu es le chef ? Qui est votre chef ?

BAAHIM pointa du doigt Sem AMIR.

–   Lui, laissa-t-il échapper entre deux souffles.

YADJI tourna la tête, et dévisageant AMIR :

–   C'est toi leur chef ? D'où venez-vous ? Comment t'appelles-tu ?

Sem ne répondit pas. Alors Animza, l'épouse de YADJI, voulut lui donner un coup.

–   Non ! Non, Animza ne le touche pas, intervint rapidement

YADJI. Ce n'est pas important. Hitto ! héla YADJI. Combien sont-ils ?

—   Une centaine environ, avec une gazelle.

—   Combien sont-ils exactement je veux dire ? précisa le chef.

—   Cent quinze, sans l'animal, dénombra Hitto.

—   Bien. Qu'est ce qu'on peut faire d'eux ? réfléchit YADJI

Hitto releva :

—   C'est une assez bonne prise. L'une des plus rares prises qu'on ait faite. On a de tout, et en bonne qualité : des femmes, des hommes, des enfants, jeunes, vieillards, adolescents, tout ce qu'on peut...

YADJI l'arrêta d'un signe de la main :

—   Oui, oui je le sais. Qu'en penses-tu ?

Hitto, plus sérieux :

—   Je propose qu'on aille les marchander à la forteresse.

—   Quelle forteresse ?

—   Près de la mer, précisa Hitto.

—   A Walkway, compléta Animza.

—   Laisse-le parler, lui ordonna YADJI

Hitto développa :

—   On ne pourra jamais les vendre tous, et au prix qu'on souhaite. Et vu le nombre qu'ils sont, ils finiront par nous rester sous les bras, et deviendront une charge pour nous. A Walkway, on est sûr de les vendre tous, mais en plus on en aura un pour le prix de deux.

—   Wallas ! appela YADJI.

—   Oui chef, répondit-il promptement en rangeant son sabre.

—   La moitié des hommes et toi, rentrez ! J'irai à Walkway avec les autres, décida le responsable de la bande.

—   D'accord, chef.

—   Animza, tu viens avec nous, intima-t-il à son épouse.

Wallas rassembla la moitié des hommes, et YADJI s'engagea avec le reste dans le désert du Rubu'al Kali. Il confia la direction des esclaves à sa femme Animza.

Animza était la fille d'un chef guerrier d'une tribu du Sud. Elle savait manier, mieux qu'un homme, le sabre et l'épée. Lorsque son village fut incendié par des rebelles du Sud, elle fut capturée et présentée au marché aux esclaves de Walkway. Ce fut là qu'elle rencontra YADJI, de vingt ans son aîné. Voyant comment elle se débattait, malgré le fait qu'elle soit menue, il décida de l'acheter. Très vite, il s'aperçut de sa ténacité et de son habilité avec les armes. Tombés amoureux, après plusieurs années passés ensemble, ils avaient fini par se marier. Animza avait toujours voulu des enfants, mais pas son époux. Ce désir de maternité eut pour conséquence d'éloigner progressivement YADJI d'elle. Il ne pensait qu'à ces « stupides expéditions », ainsi que les qualifiaient sa femme. Il passait plus de temps à sillonner le désert, cherchant à accroître ses richesses en capturant hommes, bêtes, et récupérant tous les objets qui lui tombaient entre les mains. Au fil du temps, ils étaient devenus des étrangers l'un pour l'autre. Animza voulait en finir avec cette vie-là, mais son époux refusait de la laisser partir. Elle éprouvait à son égard un sentiment mêlé de rancœur et d'amour. Oui, elle aimait encore YADJI, malgré l'indifférence qu'il lui manifestait. Et lui aussi l'aimait, mais il n'arrivait pas à le lui montrer.

Animza dans sa tenue masculine, marchait d'un pas déterminé à côté de ses nouveaux esclaves. Elle avait pris l'habitude de s'habiller ainsi, car il était interdit pour les femmes de la région de s'adonner à de telles pratiques, et de demeurer au milieu de tels hommes.

—   Je promets de ne plus jamais te laisser seule mon amour, lui avait dit YADJI après qu'elle ait été violemment agressée quelques années plus tôt.

Elle en avait gardé des séquelles, et portait une cicatrice sur sa joue gauche.

—   Allez, on se dépêche ! commanda-t-elle, faisant siffler sa cravache dans l'air.

Elle poussa un des esclaves à l'aide de son sabre placé dans un fourreau :

—   Plus vite !

Elle les fit s'aligner, et ils se mirent en marche. Après qu'ils eurent parcouru deux kilomètres, BAAHIM s'écroula. Aavih et Yehodim se précipitèrent vers lui.

—   Père !

Ils se baissèrent pour l'aider à se relever.

—   Que se passe t-il ?

—   Rien mes fils.Tout va bien, feignit BAAHIM d'une voix faible.

Quelques mètres derrière eux, Animza s'impatientait :

—   Qu'y a t-il encore ? Avancez !

Aavih, le fils aîné de BAAHIM, expliqua :

—   Notre père va mal !

Animza se rapprocha d'eux, tandis que le peloton ralentissait.

—   Allez tout le monde on continue. Personne ne s'arrête.

Certains jetèrent un coup d'œil inquiet vers BAAHIM, mais les rebelles les pressèrent, et les éloignèrent .

Sur le sable BAAHIM, ne parvenait plus à se relever. Les

incantations qu'il avait prononcées des heures auparavant, ne faisaient point effet. Sa situation s'envenimait. Sa vue s'atténuait et une écume blanche sortait de sa bouche. Il se mit à trembler violemment, fut pris de convulsion, et l'iris de ses yeux disparut. BAAHIM, pour la première fois de sa vie, ressentit de la peur, non pas pour lui-même, mais plutôt pour ses enfants. Il savait que s'il mourrait, il irait rejoindre la longue lignée de voyants qui siègent auprès des dieux. Mais ces enfants, eux, n'auraient plus personne. Ses voisins, les AMIR et les AFAR, les aimaient bien et étaient très généreux, toujours prêts à rendre service. Toutefois, aucun ne pouvait s'occuper de deux jeunes garçons en plus des nombreux enfants qu'ils avaient déjà. Les anciens également ne pouvaient rien faire pour eux. Quant à leur mère, elle les avait quittés trop tôt. Depuis, BAAHIM avait tout fait pour que ses fils ne souffrent pas de son absence. Il avait même envisager de prendre une nouvelle épouse, Schiphra, la sage femme du village, qui à quarante ans révolus, n'avait encore jamais connu d'homme. Mais les noces n'ayant pas encore été célébrées, elle restait une parfaite étrangère pour ses fils. Il ne put s'empêcher de penser que depuis l'arrivée de ce « brouillard vert », les forces du mal gagnaient du terrain, sans que personne ne s'en rende compte. Il fallait donc que ses fils soient mis à l'abri. Il attrapa son chapelet et invoqua, pour la première fois, le Dieu des dieux, dans une langue inconnue. Sachant que sa mort était imminente, il l'implora :

–   Je sais, je sais que je n'ai pas toujours bien, bien agi envers toi. Mais je t'en prie, je t'en supplie, aie pitié de mes fils. Sauve mes fils ! Conduis-les jusqu'à... jusqu'à ENAMESHTEG.

Animza descendit de son cheval, écarta les deux garçons de leur père, et se mit à examiner le vieil homme. Elle palpa les différentes parties du corps de BAAHIM, en commençant par la tête, et finit par découvrir qu'il avait à la cheville, une large tache rouge.

—   Il a été mordu par une vipère à cornes. Il faut continuer. C'est fini pour lui ! conclut ANIMZA à l'attention de Aavih et de Yehodim, avant de les laisser seuls avec leur père.

Les garçons s'approchèrent de lui. Aavih posa sa tête sur la poitrine de BAAHIM et se mit à verser d'abondantes larmes. Yehodim, le plus jeune, s'agenouilla à ses pieds, hébété, regardait son père.

Essayant de relever la tête, BAAHIM parla à ses fils :

—   Le moment est arrivé mes fils ! Vous, vous devez suivre votre chemin.

Puis, tendant son cor à Yehodim :

—   Tiens Yehodim ! Ça va te servir.

Prenant le cor des mains de son père :

—   Non, père.

Aavih sanglota et souleva le buste de son père en tirant sur sa tunique :

—   Relève-toi, père. Il faut que tu te relèves !

BAAHIM prit fermement la main de son fils de douze ans :

—   Aavih, tu es le plus grand. Sois fort ! Que ton esprit soit toujours éclairé.

Après que BAAHIM ait remis son chapelet à Aavih, il les embrassa tendrement. Animza vint les repousser, tandis que ceux-ci pleuraient leur père agonisant, qui se sentait à présent prêt à passer de l'autre bord.

—   Il faut y aller maintenant, c'est fini, insista-elle.

Les deux frères et Animza rejoignirent le groupe, laissant le corps du vieux voyant gésir sur le sable. Le vent chaud du désert se leva, souffla à l'endroit où était couché BAAHIM, et le sable fin le recouvrit entièrement.

Les esclaves suivirent un itinéraire précis, bien connu des rebelles, sans marquer d'arrêt. D'abord, les plateaux étroits du Jebel Tuwaiq, dans l'extrémité nord du désert du Rubu'al-Kali, puis la vallée du Dawasir, pour enfin emprunter le couloir des terrains sablonneux du désert d'Ad-Dahna.

Cache-eaux s'approcha de YADJI :

—   Chef, nous rentrerons bientôt dans le désert du Néfoud.

—   Et ? demanda YADJI attendant la suite.

Cache-eaux réfléchit à ce qu'il s'apprêtait à dire, puis il se lança :

—   Voici la cité perdue des mille piliers. Nous devrions essayer de faire une pause au risque d'en perdre certains.

—   Cette cité maudite ! Non, objecta YADJI. Ils tiendront. On continue.

Animza, qui avait suivi leur conversation, s'y invita :

—   Je crois que tu devrais l'écouter, lui conseilla sa femme. Cela fait des heures qu'ils marchent et plusieurs saignent déjà. Les graviers des plaines d'Ad-Dahna ont abîmé leur pieds.

—   Et ils sont invendables avec les pieds abîmés ? ironisa YADJI. Je dis qu'on continue !

—   Tu devrais essayer de nous écouter, rugit Animza avant de retourner en arrière, rejoindre le groupe d'esclaves.

YADJI savait que sa femme n'avait point tord. Néanmoins, comme à son habitude, il était trop fier pour le lui avouer, et préféra demander un autre avis.

—   Hitto !

–   On doit faire une pause chef, confirma t-il.

YADJI soupira et accepta :

–   D'accord. Cache-eaux.

–   Oui, chef .

–   Occupe-toi d'eux.

–   Allez les amis, par ici !

Ils arrivèrent près d'une ville en ruine élevée par de grandes pierres . La muraille de la ville, avec le temps, s'était effondrée par endroit laissant apparaître sur ses sommets des blocs qui avaient pris la forme de piliers d'où le nom de « Cité perdue des mille piliers». Ils y pénétrèrent tous et s'arrêtèrent sur l'ordre de Animza :

–   Écoutez-moi bien. Nous allons faire une pause ici, afin que vous puissiez boire et vous reposez un peu. Puis, nous reprendrons la route. Surtout ne faites pas de bêtises, sinon vous risquerez de le regretter. Nous vous avons à l'œil !

Ottawa, Aavih et Yehodim, qui de loin avaient remarqué l'eau qui coulait au milieu de la ville, se précipitèrent aussitôt sur ses bords, laissant le reste du peloton en arrière. A leur arrivée, ils ne prêtèrent même pas attention à l'homme qui y était accroupi et qui se lavait les mains. Ils s'inclinèrent, prirent de l'eau dans leurs mains et commencèrent à boire, puis à s'asperger le corps afin de se rafraîchir. La chaleur torride du désert leur avait brûlé la peau par endroit.

Les autres esclaves arrivèrent enfin au bord de l'eau. Agatha puisa de l'eau, et donna à boire à Koush et à Noadia. BOHOLT, les pieds écorchés par les pierres, soignait, comme il le pouvait, ses blessures. Adatnesess trempa un linge dans l'eau, se tamponna le visage et nettoya celui de son mari. La petite gazelle à goitre qui avait survécu au périple, elle aussi s'avança pour boire. Jedda, son fils à ses pieds, demeura auprès de Sem et pensait à tous ceux qui étaient restés en chemin. Pendant ce temps, insoucieux comme toujours, les « fils des voisins de l'entrée du village », ainsi qu'on les surnommait à cause de leurs prénoms bien trop longs, pataugeaient tels de petits enfants, dans l'eau devant de leurs parents. Zerech et sa sœur Noadia se tenaient sur les bords :

–   Hum, ça fait du bien ! s'exclama Zerech.

–   J'avais tellement soif, confia Noadia.

Après de longues minutes, Cache-eaux demanda aux gardes :

–   Où sont-ils ?

–   De qui parles-tu ? l'interrogea l'un d'entre eux.

–   Des enfants voyons ! Les trois enfants qui sont arrivés les premiers sur les lieux. Je ne les vois pas. Où sont-ils ? hurla-t-il en direction des captifs.

A cet instant, tous s'aperçurent que Aavih, Yehodim et Ottawa avaient disparu. Les BOHOLT s'agitèrent. Cham tenta d'aller à gauche et à droite les chercher, mais fut retenu par les gardes qui lui fermèrent le chemin avec leurs armes. Il riposta « Qu'avez-vous fait aux enfants ? » avant de pousser violemment l'un des bandits qui se défendit en le cognant et l'immobilisant. Les autres villageois protestèrent vivement. Les rebelles sortirent alors leurs sabres, ce qui les dissuadèrent de tenter quoique ce soit. Cache-eaux s'approcha de l'étendue et vit le bandeau que portait Yehodim au cou flotter au dessus des eaux. Il se défit rapidement de ses armes, de sa veste et plongea dans l'eau sans attendre.

–   Que se passe t-il ? s'enquit YADJI, depuis l'autre côté des rochers, avançant à grand pas vers le bassin.

Après deux remontées, Cache-eaux annonça :

–   Des esclaves !

–   Où sont-ils ? chercha YADJI du regard.

Cache eaux secouant la tête :

–   Nulle part.

–   T'en es sur ?

–   Ils ont disparu. Évaporés.

–   C'est pas vrai ! Combien sont-ils ?

–   Trois.

–   Allez, sors de là !

YADJI prit son sabre et le pointa vers les autres captifs.

–   Je veux qu'ils soient tous ligotés, même les bébés. Et on part immédiatement.

Puis, dévisageant son épouse :

–   Et plus aucune pause jusqu'à destination.

Les rebelles alignèrent les villageois, leur attachèrent les mains avec de solides cordages, et les lièrent les uns aux autres.

Japhet AFAR, un gros bleu au visage, observait Cham BOHOLT, qui après les coups reçus, était plié de douleur et avait les yeux rougis par la tristesse. Japhet se demandait s'il avait bien fait d'aller au secours de ses fils. S'il avait écouté BAAHIM, le voyant du village, certainement que tous seraient encore en vie. Mais après tout, il s'agissait de ses fils. Agatha, la femme de BOHOLT, et ses enfants, pleuraient Ottawa qui s'était noyée. Jedda et Schiphra pensaient aux pauvres petits garçons de BAAHIM qui, eux aussi, venaient de disparaître. Tous étaient peinés par ces derniers événements. Sem AMIR, le chef du village de More Land , culpabilisait. Avait-il eu raison d'entraîner son peuple dans un périple aussi long et finalement si dangereux ? Animza, de son côté, essuya une larme en pensant à ces jeunes enfants qui venaient de perdre la vie. Elle songea aux enfants qu'elle n'avait jamais pu avoir. Son époux YADJI, du coin de l'œil, la regarda sans saisir ce qui lui arrivait. Cache-eaux et Hitto quant à eux, sur leurs chevaux, imaginaient déjà les grosses pièces d'argent qu'ils allaient percevoir en vendant tous ces gens au marché aux esclaves de la forteresse près de la Mer.

Le groupe reprit la route pour une longue marche dans le désert.

LA FORET DE ANNQAS

Quelque part dans une forêt, de petites bulles remontaient à la surface de l'eau. Un cor en bronze émergea et se mit à scintiller. Apparut, la tête châtain de Ottawa, suivie de Yehodim et de Aavih qui la ramenèrent sur le rivage. Une fois arrivés, ils la placèrent sur le côté, afin qu'elle puisse recracher toute l'eau qu'elle venait d'avaler. Elle toussa à plusieurs reprises et ouvrit enfin les yeux :

—   Je pensais que j'avais coulé ! Mais où sommes-nous ? Où sont les autres ? demanda-t-elle en promenant les regards autour d'elle.

A cet instant, les fils de BAAHIM se rendirent compte qu'ils n'étaient plus au même endroit. Aavih fit quelques pas en avant, courut quelques mètres, puis revint auprès des autres, et déclara :

—   Ils ne sont plus là mais, mais je crois que nous ne sommes pas au bon endroit. Comment est-ce possible ?

—   Je l'ignore. C'est étrange !Certainement que le courant nous a entraîné ailleurs, sans que nous ne nous en rendions compte, argua Yehodim.

—   Pourtant je n'ai pas l'impression que nous soyons restés si longtemps dans l'eau. Je ne me souviens même pas y être tombée, nota Ottawa, intriguée.

—   Moi non plus, reconnut Yehodim en se grattant la tête. Quoiqu'il en soit, si nous voulons les rattraper avant la nuit, il va falloir se remettre en marche. Comment te sens-tu Ottawa ? Penses-tu que tu pourrais marcher ?

—   Je vais bien Yehodim. Ne t'inquiète pas pour moi, le rassura-t-elle en se relevant.

Elle nettoya ses vêtements couverts d'herbe, récupéra son petit sac, et dit avec entrain :

—   Allez les garçons on y va !

Les deux frères sourirent, récupèrent leurs affaires, et tous trois s'engagèrent sur le chemin d'une destination inconnue.

Où se trouvaient-ils réellement ? Aucun d'eux ne le savait. Il y avait à peine quelques minutes de cela, ils étaient auprès des leurs aux eaux des mille piliers. Ils avaient bu cette eau vive, puis cela avait été le trou noir. Ils ne s'expliquaient point comment ils avaient fini par se retrouver dans cet endroit, une forêt qui n'avait rien à voir avec le désert brûlant qu'ils avaient traversé. Les plantes étaient verdoyantes, les fleurs respiraient la vie. L'eau s'écoulait lentement, comme si le temps avait suspendu sa course. Il s'en dégageait un sentiment de sérénité qui incitait à y rester, même si chacun savait que cela ne pouvait se faire. Ils voulaient rejoindre le groupe, leurs amis et leurs parents, du moins pour ceux qui en avaient encore. A mesure qu'ils avançaient, ils entendaient des voix et des bruits indiquant qu'il y avait des présences humaines.

—   C'est sûrement une grande ville, s'enthousiasma Aavih.

—   Oui, peut être une ville de commerce. Il me semble qu'elle n'est pas bien loin, poursuivit son frère.

—   Pourvu que ce ne soit pas ce fameux marché aux esclaves dont ils parlaient, espérait Ottawa. Ils viendront certainement ici, et je ne suis pas sûre que ces barbares qui nous ont capturé soient contents de nous y retrouver. Je crois que nous devrions poursuivre notre chemin.

—   Où veux-tu qu'on aille, Ottawa ? Nous ne connaissons même pas cet endroit ! souligna Aavih.

—   Suivons la rivière et nous verrons ! suggéra-t-elle. Je suis sûre qu'on trouvera un endroit pour nous accueillir.

Aavih réfléchissait à la proposition de Ottawa, et tandis qu'il s'apprêtait à émettre encore une objection, son frère trancha :

—   Si nous devons partir, c'est maintenant ! Ils doivent être à notre recherche, et on ne sait pas quand est-ce qu'ils pourront nous rattraper.

Ottawa et Yehodim se retournèrent vers Aavih, attendant sa décision :

—   Je suis d'accord, il faut qu'on s'en aille maintenant.

Sans tarder les trois compagnons se mirent en route. Ils longèrent la rivière et se retrouvèrent au cœur d'une forêt : la forêt de Annqas. Exténués, ils entendaient leurs estomacs gargouiller, mais c'était leur soif qui était plus forte que tout.

—   J'ai tellement soif ! gémit Aavih.

Il se mit aussitôt à pleuvoir. Les enfants se précipitèrent sur les larges feuilles d'arbre qu'ils trouvèrent sur le sol et s'en servirent pour recueillir l'eau. Chacun put boire à volonté, et dès qu'ils eurent terminé, la pluie cessa.

—   C'est pas tout, mais moi j'ai faim. J'ai tellement faim que je serai prête à avaler n'importe quoi.

A peine Ottawa eut-elle terminé sa phrase que des fruits tombèrent à leurs pieds. Ils levèrent la tête pour voir ce qui se passait, échangèrent des regards curieux, avant de se hâter de les ramasser, s'asseoir dans le premier coin sec qu'ils purent trouver, et de les avaler rapidement.

—   C'est délicieux, se délecta Yehodim.

Les deux autres ne firent qu'acquiescer en hochant la tête, et continuèrent à se régaler jusqu'à ce qu'ils soient repus. Ottawa, satisfaite, toucha son ventre rebondi :

—   C'était bon !

—   Très bon, approuva Yehodim.

Aavih, quant à lui, s'étira, et entre deux bâillements :

—   Moi j'aimerais dormir juste quelques instants.

Il plaça son sac sous sa tête, se recroquevilla et ferma les yeux. Il s'endormit immédiatement sous le regard des autres, qui eux aussi, reproduisirent les mêmes gestes et tombèrent dans un profond sommeil.

Quelques heures plus tard, ils se réveillèrent en s'interrogeant :

—   Que s'est il passé ? demanda Ottawa

—   Je ne sais pas, répondit Aavih suivi de son frère.

—   Moi non plus. Il me semble que nous parlions, et tout à coup, nous nous sommes endormis.

—   Je crois que cet endroit fait des choses que l'on demande, déclara Aavih.

Cette conclusion amusa Ottawa, qui éclata de rire :

—   Comment peux-tu croire une telle chose ?

Aavih prit un air sérieux et s'engagea dans une longue démonstration :

—   Regardez. Nous avons voulu à boire, il est immédiatement tombé une courte pluie. Ensuite, nous avons désiré manger, nous avons eu des fruits. Et lorsque je parlais de dormir, nous nous sommes tous endormis.

Yehodim, le plus jeune, restait pragmatique :

—   Maintenant, il va bientôt faire nuit. Qu'est-ce qu'on fait ?

—   Il faut peut-être qu'on demande un endroit où dormir si ce que Aavih dit est vrai, soumit Ottawa.

Yehodim adhéra à cette idée :

–   Oui, on pourrait essayer. Je veux un endroit où passer la nuit !

–   Moi aussi, supplia Ottawa en joignant les mains et fermant les yeux, sans savoir vraiment à qui elle s'adressait.

–   Moi aussi, l'imita Aavih.

Après avoir patienté quelques secondes, Aavih constata avec déception :

–   Rien ne s'est passé.

Son frère recommença avec insistance :

–   Je veux dormir dans un endroit !

Et chacun réitéra à son tour :

–   Moi aussi.

–   Pareil pour moi.

Ottawa ouvrit un œil et questionna Aavih :

–   Pourquoi il ne se passe rien ?

–   Je n'en sais rien !

–   Je crois qu'on ferait mieux de trouver une solution pour quitter cet endroit, intervint Yehodim pour les ramener à la raison.

Une flamme de feu apparut alors derrière lui. Elle avait la taille d'un homme et brillait intensément, éclairant tout autour d'elle. Aavih prit peur. Il la montra du doigt en reculant :

–   Qu'est-ce que c'est que ça derrière toi Yehodim ?

Son frère lentement se retourna et vit un feu commencer à se mettre en mouvement devant eux, parcourir les bois et leur frayer un chemin. Sans attendre, Ottawa courut dans sa direction en lançant à ses deux compagnons :

–   Attention il part. Il faut qu'on le suive !

Ils allèrent aussi vite qu'ils purent pour rattraper la flamme, qui à mesure qu'ils s'approchaient d'elle, filait de plus en plus vite. Ils atteignirent une côte avant de la perdre de vue :

—   Où est-elle ? chercha Ottawa.

—   Par ici, indiqua Aavih. A gauche.

—   Allez dépêchons-nous on va la perdre ! cria Yehodim.

—   Elle descend la côte. Plus vite, les pressa Aavih.

Pendant leur course, la distance se creusa entre les garçons et Ottawa qui peinait à les suivre :

—   Vous allez trop vite, attendez-moi !

A nouveau ils perdirent de vue la flamme de feu et s'arrêtèrent.

—   Où est-elle ? tâcha de savoir Yehodim. Je ne la vois plus.

—   Moi non plus.

Arrivée à leur niveau, essoufflée, Ottawa releva :

—   Le soleil va bientôt se coucher.

Aavih adopta une position étrange, sans bouger, et tendit l'oreille :

—   Attendez. Vous entendez ?

—   Quoi ?

—   Des clochers !

Yehodim jetant les regards sur sa droite :

—   Ça vient de là.

Aavih se tourna dans le sens indiqué :

—   Non, c'est par ici.

Ottawa, elle, observait la vallée :

—   C'est un troupeau de moutons.

—   Où est-ce que tu le vois ?

–   Là dans la vallée !

–   Descendons. Il faut qu'on les suive, dit Yehodim.

Ils parcoururent le reste de la distance qui les séparaient des moutons. Tout autour d'eux était calme. L'on n'entendait que le son des clochers. Les bêtes elles, avançaient sans se préoccuper de leur présence. Elles étaient différentes de celles qui étaient élevées à More Land. Elles étaient bien plus grasses et avaient des toisons plus fournies et douces. De plus, le fait qu'elles semblaient prendre docilement un chemin sans que nul ne le leur montre, était plus que déconcertant. Aussi, les enfants se mirent-ils en quête de trouver la personne qui les accompagnaient :

–   Il y a quelqu'un ? s'enquit Ottawa.

–   Où êtes-vous ? demanda Aavih.

–   Oh-oh ! Il y a quelqu'un ? appelait Yehodim tandis qu'ils avançaient avec le troupeau.

–   C'est étrange qu'ils ne fassent pas de bruit, constata Ottawa. C'est un troupeau sans berger ?

–   Comment arrivent-ils à avancer alors ? voulut comprendre Aavih.

–   Ils suivent certainement ceux qui portent les clochers, supposa Yehodim.

–   Mais tous portent des clochers, rétorqua Ottawa.

–   Alors qui les conduit ? demanda Aavih.

–   Je pense qu'il faut continuer à les suivre, on va le découvrir, termina Yehodim.

Ils ne savaient où ils allaient, mais ils avaient fait le choix de suivre ce troupeau, n'ayant pas d'autre alternative. Pendant la demi-heure qui suivit, ils avancèrent calmement se demandant ce qu'ils allaient bien pouvoir trouver. Le plus important était qu' ils soient à l'abri et au chaud, pour cette première nuit sans les leurs.

—   Regardez, s'écria Aavih, c'est ici qu'ils viennent. Il y a des maisons.

Mais le troupeau prit brusquement une autre direction :

—   Mais pourquoi tournent-ils ? Où vont-ils ?

—   Ils vont dans les enclos, en déduisit Ottawa. Il faut les suivre. Allons voir s'il y a des gens qui vivent dans ces maisons.

Il faisait déjà nuit lorsque Ottawa, Aavih et Yehodim atteignirent l'entrée d'un campement. Une voix se fit entendre :

—   Soyez les bienvenus !

—   Vous avez entendu ? sursauta Aavih.

—   Vous voyez quelqu'un ? tenta de distinguer la jeune enfant.

—   Moi je ne vois personne, lui répondit Yehodim.

La voix s'adressa à nouveau à eux :

—   Je suis ici.

Tous trois se retournèrent. Ottawa n'étant pas rassurée :

—   Qui est-ce ? Qui êtes-vous ?

—   Comment vous appelez-vous? le somma de s'identifier Aavih.

Une torche s'alluma au milieu d'eux, laissant découvrir la silhouette d'un homme.

—   Je suis HEALTH. D'où venez-vous ?

Les frères répondirent en chœur :

—   Nous sommes...

L'inconnu les arrêta immédiatement :

–   Pas tous ensemble.

–   Nous venons de More Land, le renseigna posément Ottawa.

–   More Land ? Je ne connais pas. Et où allez-vous ?

–   Nous ne savons pas, avoua-t-elle.

–   Vous ne savez pas ?

–   Oui, nous ne savons pas, reprit tristement Ottawa en baissant les yeux.

L'homme comprit que les enfants étaient perdus et avaient besoin d'aide. Aussi il leur proposa :

–   C'est dangereux par ici. Voulez-vous rester dans ce campement jusqu'à ce que vous sachiez où aller ?

–   Avec vous ?

–   Je ne suis pas seul, sourit-il. Avec toute la communauté.

–   Oui, nous voulons bien, acceptèrent les trois jeunes.

–   Allez, suivez moi donc ! Vous savez où vous êtes ?

–   Non.

–   Vous êtes à Enameshteg. Vous êtes ici chez vous. Nous sommes une famille et nous partageons tout. Nous formons une maison et j'en suis le père. Ici tout le monde m'appelle HEALTH, Morgan HEALTH.

Morgan HEALTH pénétra avec eux dans le campement. Le lieu était calme et accueillant. Il y avait de petites cabanes de part et d'autre, et au milieu, une place avec de grandes cloches. Il les mena vers l'une des constructions, au centre de Enameshteg, ouvrit la porte, et les fit entrer :

–   Voilà, vous dormirez ici, dans cet endroit. Il y a trois lits et il y a également à manger sur la table. Bon appétit et à demain.

Tandis que Morgan HEALTH refermait la porte derrière lui, Ottawa qui examinait les lieux dit :

—   Merci encore Monsieur Mor...

—   Il est déjà parti Ottawa, l'informa Yehodim en essayant le lit moelleux qu'il avait choisi, et sentant les draps propres qui le recouvrait .

Aavih lui, regardait la table avec envie :

—   Allez, passons à table, les invita-t-il, impatient.

Ottawa déclina son offre :

—   Je n'ai pas l'appétit.

Yehodim également :

—   Moi non plus.

—   Buvons quand même du lait, dit Aavih en s'en servant avant de remplir deux autres verres.

Ottawa et Yehodim en burent, tandis que Aavih grignotait le pain et le fromage déposés dans un plat. Après cela, ils s'étendirent dans leur lit, mais ils ne trouvèrent pas immédiatement le sommeil. Ottawa n'avait pas l'esprit tranquille :

—   Ce monsieur ne vous semble-t-il pas étrange ?

—   Non, bailla Aavih.

—   Je ne le trouve pas étrange, considéra Yehodim.

Aavih voulant connaître le fond de sa pensée :

—   Qu'est-ce-que tu trouves étrange chez lui ?

—   Je ne sais pas.

Aavih se doutait que son amie allait passer la nuit à retourner la chose dans tous les sens dans sa tête. Ne voulant pas s'engager dans une nuit blanche avec elle, il lança :

–   Moi j'ai besoin d'un bon sommeil, et je crois que vous en avez aussi besoin.

UNE JOURNEE AU CAMPEMENT DES ORPHELINS

Au lever du jour, au milieu des gazouillis des oiseaux, un perroquet blanc avançait en direction de la cabane des enfants. Il vint se dresser sur le rebord de la fenêtre de la chambre, et sans gêne aucune, demanda :

—   Vous allez dormir toute la journée ?

Sa voix forte les fit sortir de leur sommeil. Aavih s'étira, Ottawa se frotta les yeux, tandis que Yehodim recouvrit sa tête avec sa couverture.

—   Allez on se dépêche !

—   C'est un perroquet qui parle ! s'ébahit le jeune Aavih .

—   Et alors ? répliqua l'oiseau.

—   Qui es-tu ? lui demanda Yehodim en s'asseyant sur son lit.

—   Et vous, qui êtes-vous ? les agressa-t-il .

—   Moi c'est Aavih, lui c'est Yehodim, et elle Ottawa.

—   Et toi ? l'interrogea à nouveau Yehodim.

—   Prenez votre petit déjeuner, leur commanda-t-il. Tout le monde vous attend.

—   Où ? s'enquit Aavih.

—   Là dehors, devant la porte.

Dès que Aavih ouvrit la porte, il entendit des cris et des acclamations. Surpris, il la referma aussitôt. Yehodim, tout aussi étonné par ces bruits :

—   Qui est-ce ?

—   Des gens.

—   Qu'est-ce qu'ils font ? voulut savoir Ottawa, qui après s'être lavé le visage, portait ses chaussures.

—   Prenez votre petit déjeuner ! brailla le perroquet.

Aavih ignorant son ordre :

—   Ils nous attendent apparemment.

—   Qu'est-ce qu'on fait ? le questionna Ottawa.

—   Je crois qu'il faut sortir.

—   Moi c'est COCO, COCO la colombe, se présenta le perroquet afin d'attirer leur attention. Ravie de faire votre connaissance.

—   Sortons, acheva Yehodim.

Devant la porte, une foule se rua sur eux avec des acclamations. Elle n'était composée que de garçons et de filles, enfants et adolescents. Il n'y avait point d'adultes, à l'exception de Morgan HEALTH et de la vieille dame qui se tenait à ses côtés. Ils donnèrent tous leurs noms, et adressèrent chacun un mot gentil aux nouveaux arrivants. Les présentations durèrent de longues minutes, puis ils entraînèrent nos trois amis dans les rues du village. De toute part Aavih, Yehodim et Ottawa recevaient des informations. Certains leur montraient les cabanes et ceux qui les occupaient, tandis que d'autres évoquaient la vie du village, ainsi que les activités qui pouvaient s'y faire. Tous parlaient en même temps, sans s'arrêter, et les sollicitaient de tous les côtés. Ils n'hésitèrent pas à leur poser des questions relatives à l'endroit d'où ils venaient, à leur âge et à bien d'autres choses encore, sans pour autant laisser à leurs invités le temps de répondre. Sans qu'ils en aient conscience, des heures s'écoulèrent ainsi à faire le tour de Enameshteg. La journée était déjà terminée lorsqu'ils prirent place dans les appartements de Morgan HEALTH.

Aavih laissa échapper un « Ouf » de soulagement.

–   Très long, admit Ottawa.

–   J'en peux plus ! ajouta Yehodim.

–   Vous avez aimez ? leur demanda Morgan HEALTH. Comment trouvez-vous votre nouvelle famille ?

–   Ils ne sont pas notre famille, rectifia Ottawa.

–   Ottawa ! la gronda Yehodim.

–   Ottawa ! C'est un très beau nom, la complimenta HEALTH. Et toi, quel est ton nom ?

–   Yehodim, et lui c'est Aavih, mon grand frère.

–   Ah, vous êtes frères.

–   Oui, nous sommes frères, confirma Aavih. Et c'était bien tout à l'heure, mais épuisant.

–   J'imagine que vous devez avoir un peu faim. Voulez-vous des gâteaux ?

–   J'en veux bien, accepta l'aîné de la troupe.

–   Mami TAH, appela HEALTH.

Depuis la cuisine, la voix d'une femme retentit :

–   Oui, Monsieur HEALTH.

–   As-tu encore des gâteaux ?

–   Oui, encore un plateau.

–   Pourrais-tu en apporter pour ces jeunes gens ?

La vieille dame qu'ils avaient vu plus tôt dans la matinée, apparut dans la pièce, un plateau rempli de gâteaux mous. Elle le déposa sur la table, devant les enfants, repartit dans la cuisine, et en revint avec un second plateau sur lequel était quatre verres, ainsi qu'une cruche contenant un mélange de jus de pêche, de banane et de poire.

– 		Et voilà ! J'espère que vous apprécierez. Bon appétit.

Avant de se retirer, la gouvernante leur fit un grand sourire qu'ils lui rendirent. Son visage rond, entouré de sa chevelure blanchissante, leur était sympathique. Il leur rappelait celui d'une grand-mère, mais une grand-mère dont on ne pouvait véritablement évaluer l'âge. Son visage ne portait aucune ride , seule sa chevelure et sa corpulence laissaient supposer qu'elle était d'une génération autre que celle de leurs parents. A côté d'elle, Morgan HEALTH pouvait passer pour son fils.

– 		Hum c'est très bon ! exulta Aavih.

– 		Qu'est-ce que vous avez mis dans ce gâteau ? Il est bon ! approuva son frère.

– 		Hum ! Je n'ai jamais mangé un si délicieux gâteau, confia à son tour Ottawa. Je peux en prendre un autre ?

– 		Vous pouvez tout manger. Elle les a déposés pour vous.

Les trois jeunes se régalèrent avant de quitter Morgan HEALTH, heureux.

– 		Au revoir Monsieur HEALTH.

– 		Au revoir, Yehodim.

– 		Au revoir Monsieur HEALTH.

– 		Au revoir, Ottawa.

– 		Bonne nuit Monsieur HEALTH.

– 		Bonne nuit, Aavih.

HEALTH referma la porte et prit place dans son siège. Pendant ce temps, Mami TAH regardait par la fenêtre les enfants s'en aller :

– 		Pensez-vous qu'ils s'en sont rendus compte ?

- Non, Mami TAH ! Ne vous inquiétez pas. Ils ont juste senti qu'ils mangeaient de bons gâteaux. Ne vous inquiétez surtout pas. Tout va se passer comme d'habitude.

- Pourvu que celui qui vient vous entende.

Plusieurs jours défilèrent ainsi. Les trois compagnons vécurent les mêmes instants, jours après jours, à Enameshteg : leur réveil par Coco la Colombe, l'accueil de la communauté par des acclamations, suivi du tour dans le campement, pour finir par un début de soirée chez Morgan HEALTH, au cours duquel leur était servies les mêmes gourmandises, avant de rentrer se mettre au lit.

Le neuvième jour, COCO la Colombe, selon sa coutume, se percha sur le rebord de la fenêtre.

- Vous allez dormir toute la journée ?

Alors qu'ils se réveillèrent en douceur, elle ajouta :

- Allez on se dépêche !

- C'est encore ce perroquet qui parle ? se plaignit Aavih.

- Et alors ? répondit l'oiseau avec insolence.

- Que veux-tu ? l'attaqua Yehodim sans cacher son agacement .

- Rien. Réveillez vous !

Après avoir fait leur toilette, ils sortirent et furent reçus pareillement que les fois précédentes. Des heures plus tard, ils s'affalèrent sur les chaises de Morgan HEALTH, éreintés.

- Mami TAH.

- Oui, Monsieur HEALTH.

- As-tu encore des gâteaux ?

- Oui, encore un plateau.

–   Pourrais-tu en apporter pour ces jeunes gens ?

–   Et voilà ! J'espère que vous apprécierez. Bon appétit.

La vieille Mami TAH leur adressa son agréable sourire, puis retourna dans sa cuisine. Aavih, Yehodim et Ottawa se servirent, et tour à tour s'exclamèrent :

–   Hum, c'est très bon ! Les meilleures moments de plaisir à Enameshteg.

Yehodim, entre deux gâteaux :

–   Oui, les meilleurs moments.

–   Hum, ils sont toujours aussi bon. Toujours aussi délicieux, les gâteaux de Mami TAH !

Ils terminèrent et burent tout ce qui leur avait été présenté. L'heure étant arrivée pour eux d'aller se coucher, sur le seuil de la porte ils dirent :

–   Au revoir Monsieur HEALTH.

–   Au revoir, Yehodim .

–   Au revoir Monsieur HEALTH .

–   Au revoir, Ottawa .

–   Bonne nuit Monsieur HEALTH .

–   Bonne nuit, Aavih .

Depuis la fenêtre, observant les enfants s'en aller :

–   Vous aviez raison Monsieur HEALTH.

–   Je vous avais dit Mami TAH, que pour eux, ce n'était que de très bons gâteaux.

–   Pourvu que cela continue et qu'ils puissent se plaire à Enameshteg.

Cependant, le douzième jour, les choses commencèrent à changer. Ottawa, éveillée depuis longtemps, méditait dans son lit et refusait d'en sortir, malgré l'intervention de Yehodim :

–   Cela fait deux jours que Monsieur HEALTH nous demande où est-ce que tu te trouves.

–   Et que lui avez-vous dit ?

–   Qu'est-ce qu'on peut lui dire? Nous lui disons simplement que tu te trouves quelque part dans le campement. As-tu l'intention de demeurer ainsi ?

–   Ottawa, intervint Aavih, il faut bien que tu comprennes que nous n'avons pas d'autre choix. En plus, souviens-toi que l'idée de continuer notre chemin pour découvrir venait de toi. Alors, découvrons ! Ottawa ?

–   On a toujours le choix, infirma-t-elle. Et moi je veux retrouver les miens.

–   Au moins toi, tu as encore de la famille. Nous, nous n'avons plus personne. Aujourd'hui, les miens ce sont eux, ces gens, ici à Enameshteg, déclara Aavih.

–   Je suis désolée. Je ne voulais pas vous blesser, s'excusa Ottawa.

Et après avoir marqué une pause pour reprendre ses esprits :

–   Mais ils ne sont pas ma famille, et je ne suis pas heureuse ici. Cette vie n'est pas celle dont je rêve.

–   Tu n'as pas besoin de rêver Ottawa ! la raisonna Aavih. Profite de ces moments. Ils ne se représenteront peut-être plus.

–   Je pourrais, si tu le souhaites, demander à Morgan HEALTH de nous trouver de nouvelles choses à faire, lui proposa Yehodim. Qu'est-ce-que tu en dis ?

–   Si tu veux, répondit-elle sans engouement.

–   Demain, moi je vais à la pêche, s'en vanta Aavih. Dès le matin je sortirai avec Mash.

–   Qui est Mash ?

–   C'est le fils de Morgan HEALTH.

–   Il a un fils ? réagit Yehodim.

–   Oui.

–   Je ne le savais pas, reconnut Ottawa.

–   Moi non plus, assura Yehodim.

–   Et demain, tu vas à la pêche avec lui, cogitait Ottawa.

–   Oui.

–   J'irai bien avec vous, envisagea-t-elle alors.

–   Je ne trouve pas que la pêche soit quelque chose d'intéressant pour une fille, s'opposa Yehodim.

–   Pourquoi ? Ne voulais-tu pas que je sorte un peu de la chambre, Yehodim ?

–   Bien sur !

–   Alors, je veux aller à la pêche avec eux, même si ça ne sera pas intéressant pour moi, résolut-elle.

–   Pourquoi ne veux-tu pas qu'elle aille à la pêche ? voulut savoir Aavih.

–   Je n'ai jamais dis cela ! s'en défendit maladroitement Yehodim.

–   Si, c'est ce que tu as dis, lui reprocha Ottawa.

–   D'accord, alors demain on partira à la pêche, s'inclina Yehodim pour clore le débat.

—   D'accord, termina son amie. Maintenant nous pouvons sortir pour retrouver la communauté.

Le lendemain matin dès l'aube, tous trois rejoignirent Mash en bordure du fleuve. La rosée recouvrait encore le sol, et une brume légère flottait au dessus de l'eau. Face à eux se tenait un garçon de onze ans, l'âge de Yehodim, qui sortait d'un sac en toile des objets particuliers. Il ne ressemblait pas à son père. Il avait des cheveux roux impeccablement coupés, et ses joues étaient pigmentées de taches de rousseur. Il portait un pantalon et une chemise kakis, dont il avait retroussé les bords. Il sortit le nez de ses affaires, laissant découvrir son beau visage ainsi que ses grands yeux bleus, lorsque Aavih introduisit un « Bonjour Mash ! » avec gaieté :

—   Aavih ! l'accueillit le jeune garçon, content lui aussi de le revoir. Comment vas-tu ?

—   Je vais bien. Je te présente mon frère, Yehodim.

Mash lui tendit la main pour le saluer.

—   Et elle, c'est Ottawa.

—   Bonjour, moi c'est Mash.

Allez les amis, on y va. Ça tombe bien, nous sommes quatre, et nous allons pouvoir faire une bonne pêche. Ottawa et moi, nous nous placerons à gauche, Yehodim et Aavih à droite.

—   Non, moi je reste avec Ottawa, s'y opposa Yehodim.

—   Non, je préfère aller avec Mash, se prononça sa jeune amie.

—   Tout dépend de vous.

Voici comment va se passer la pêche, expliqua-t-il en leur montrant le matériel qu'il tenait entre ses mains. On appelle ce filet : les nasses de Enameshteg. Vous n'avez qu'à le tenir et attendre qu'un poisson y pénètre. C'est compris ?

—		Oui, je crois que ça ira, dit Yehodim.

La journée s'annonçait bonne. Le temps était radieux et les jeunes ravis de pouvoir s'adonner à une nouvelle activité. Aussi lorsque les premières prises se firent voir, Ottawa explosa de joie :

—		Il y en a trois dans le filet !

—		Allez, allez vite, retirons-les. Allons-y doucement. Doucement. Attention. C'est bon. On le remet encore à l'eau ?

—		Oui on y va. Je veux encore en attraper.

De leur côté, Aavih et Yehodim n'avaient encore rien attrapé, alors que Ottawa et Mash étaient à leur douzième prise.

—		Attention Mash, l'avertit-elle, cette prise est la meilleure. Le filet est plein.

Mash exultait, tandis qu'ils essayaient de sortir le filet de l'eau :

—		C'est l'une des meilleures pêches que j'ai faite.

—		Moi aussi.

—		Tu avais déjà pêché ?

—		Oui ...en quelque sorte. Lorsque j'étais encore dans le ventre de ma mère, il paraîtrait qu'elle était allée à la pêche. Donc, c'est comme si j'y étais aussi allée.

Bien qu'amusé par cette déduction, Mash tenta de rester concentré :

—		Attention, il faut qu'on le sorte doucement.

—		C'est, c'est trop lourd. Mash, je vais tomber. C'est trop...

Aussitôt dit aussitôt fait : Ottawa tomba dans l'eau et fut entraînée par le courant. Mash plongea dans la rivière, suivi par Yehodim, tandis que Aavih courait le long de la rive.

—   Mash ! appelait-elle au secours.

—   Tiens bon, j'arrive !

—   T'en fais pas, j'arrive ! ajouta Yehodim.

Parvenus à son niveau, ils la saisirent et la ramenèrent chacun de leur côté :

—   C'est bon je t'ai, dirent-ils au même moment.

—   Lâchez-moi, vous me faites mal.

Ils la laissèrent immédiatement. Elle s'enfonça dans l'eau, puis remonta à la surface :

—   Non, ne me lâchez pas, implora-t-elle.

—   Qu'est-ce-que tu veux alors ? lui demandèrent les jeunes garçons.

S'enfonçant encore une fois dans la rivière, elle se débattit pour ressortir sa tête de l'eau :

—   Je veux dire, aidez moi !

Mash et Yehodim la firent sortir de l'eau. Haletants, ils allèrent se coucher sur les bordures du fleuve.

—   La pêche est finie pour moi ! Plus jamais, décida la jeune enfant.

—   Pour moi aussi, déclara Yehodim.

—   Tout va bien ? s'enquit Aavih en les rejoignant.

—   Oui ! répondirent les trois autres, quelques peu énervés.

Dans sa chambre, Ottawa était à nouveau envahie par la mélancolie.

Cette journée aurait dû lui mettre du baume au cœur, mais ce fut le contraire qui se produisit.

–		Combien de temps vas-tu rester encore sans manger ? s'inquiétait Yehodim. Tu ne dis rien ?

–		Laisse-la Yehodim. Je crois qu'elle a besoin de rester seule. Avec tout ce qui s'est passé aujourd'hui, je pense qu'il serait préférable de la laisser souffler un peu.

–		D'accord, consentit-il. Repose-toi bien, Ottawa. A demain.

LA FUITE

Écouter le chant des oiseaux, se faire chatouiller le nez par des rayons de soleil, respirer les essences des fleurs, admirer les nuages traverser lentement le ciel azur : c'était ces choses simples que Ottawa aimait. Depuis son départ de More Land, pour la première fois, elle retrouvait un sentiment de quiétude, allongée dans l'herbe, dans le jardin des tourterelles de Enameshteg. Cela lui rappelait la tendresse de ses parents qui lui manquaient tant, les railleries de Zerech, la timidité de Noadia, ainsi que les bêtises du petit Koush. Qu'étaient-ils devenus ? Allait-elle les revoir un jour ? Ils étaient destinés à être vendus comme esclaves à la forteresse de Walkway. Ils seraient tous séparés les uns des autres, et assurément ne pourraient jamais se retrouver.

—   Enfin Ottawa, tu es là ! s'exclama Aavih, la sortant de ses pensées.

—   Pourquoi ne nous as-tu pas dit que tu sortais ? Tu aurais pu nous réveiller, la réprimanda Yehodim.

A leur réveil, les garçons avaient été surpris de trouver le lit de Ottawa vide. Ils l'avaient cherché dans tout le campement, et avaient fini par la retrouver dans ce lieu dont Aavih remarqua :

—   C'est très calme ici !

—   Je veux quitter cet endroit, annonça avec lassitude la fillette de dix ans.

—   Ce jardin ?

—   Non, Enameshteg.

—   Pourquoi ? Ne dis pas cela, l'exhorta Yehodim.

–   Si, clama-t-elle en se levant et partant en courant.

Yehodim voulut la suivre, mais son frère aîné le retint par le bras :

–   Laissons-lui du temps. Ça ne doit pas être facile pour elle.

Aavih, d'un côté, compatissait au mal-être de Ottawa. Il savait qu'elle avait toujours été très proche de sa famille et ne pouvait imaginer sa vie sans eux. Mais d'un autre, son opinion était que le temps était arrivé pour elle d'accepter la cruelle réalité : elle ne les reverrait certainement jamais. Une nouvelle vie lui était offerte, à Enameshteg. Elle devait s'en réjouir et en profiter.

Néanmoins, le point de vue du jeune garçon n'était pas partagé par Ottawa qui, le lendemain matin aux aurores, après une nouvelle nuit blanche, discrètement quitta la chambre. Une heure plus tard, Yehodim se réveilla en sursaut. Il lui avait paru entendre la voix de COCO la Colombe. Il n'en était rien. Il était bien trop tôt pour cela. Il fut soulagé de voir qu'elle n'était point à la fenêtre. Il s'apprêtait à se recoucher, lorsqu'il constata que le lit de Ottawa était défait et qu'elle n'était pas dans la pièce. Il se leva, ouvrit la porte de la chambre et regarda dans la cour : elle ne s'y trouvait pas non plus. Il rentra, s'approcha de son frère encore endormi, et lui tapa l'épaule afin de le tirer de son sommeil :

–   Aavih, as-tu vu Ottawa ?

–   Non. Elle est peut être assise dehors.

–   Non, elle n'est pas dehors. Es-tu sûr qu'elle est dehors ?

–   Non. Bien évidement, je le supposais.

–   Elle n'est pas là Aavih. Lève-toi !

–   Pourquoi me réveiller si tôt ? Elle n'est sûrement pas loin.

–   Son sac n'est pas là !

—   Tu en es certain ?

Aavih se dressa sur ses pieds immédiatement et aida son frère à rechercher l'objet.

—   Elle ne sort jamais avec, assura-t-il.

—   Oui, jamais.

—   Je ne le vois pas.

—   Moi non plus. Il faut qu'on prévienne Monsieur HEALTH, résolut Yehodim.

—   Pas si vite. Essayons de la chercher dans le camp, et nous verrons bien.

Leurs fouilles n'ayant pas abouti après plus de deux heures, les garçons furent contraints d'avertir le responsable de Enameshteg.

—   Pourquoi ne m'avez vous pas signalé toutes les fois qu'elle disait ne pas se sentir heureuse ici ? Pourquoi l'avez-vous gardé pour vous ?

Embarrassé, Aavih tenta de se justifier :

—   On ne pensait pas qu'elle s'en irait.

—   C'est insensé ! Pourquoi a-t-elle agi de la sorte ? Cet endroit est dangereux.

—   Monsieur HEALTH, calmez vous. Je vais vous faire un thé blanc, proposa la vieille dame en se précipitant vers sa cuisine.

—   Non Mami TAH, pas de thé, ni vert, ni noir, ni rouge, ni blanc, refusa-t-il en colère contre lui-même de n'avoir rien vu venir. Qu'on sonne les cloches de la moisson !

Son fils Mash se dépêcha d'exécuter son ordre. Ces cloches, qui se trouvait au milieu de la place du village, étaient utilisées à titre principal pour marquer le début et la fin de chaque récolte de blé, une période agréable appréciée de tous. Toutefois, il pouvait arriver, même si cela était extrêmement rare, qu'on les fasse retentir pour avertir d'un danger imminent, ou d'un problème au sein du campement des orphelins, ainsi que cela était le cas ce jour-là. Les habitants mirent de côté leurs occupations pour se réunir sur la place principale autour de HEALTH, qui déclara :

\-   Une de nos amies a disparu : Ottawa. Nous allons former des groupes de deux à trois personnes, parcourir tous les coins et recoins de Enameshteg, ainsi que ses alentours, afin de retrouver la jeune Ottawa. Mettons-nous en marche.

D'un pas décidé, Ottawa, qui avait quitté le campement, marchait en direction du nord. Elle s'était assurée de prendre dans son sac assez d'eau et de pain pour le trajet. Elle avait, sur un coup de tête, pris la décision de partir. Il était vrai qu'elle abandonnait ses amis de toujours, Aavih et Yehodim. Elle pensait également à la gentillesse avec laquelle elle avait été accueillie et traitée à Enameshteg, et bien sur à Monsieur HEALTH. Qu 'allait-il penser en constatant qu'elle était partie comme une voleuse sans prévenir, ni laisser de mot ? HEALTH s'était vraiment comporté comme un père envers eux, attentif à leur moindre désir.

« C'est fait. N'y songe plus Ottawa. De toutes les façons, tu ne peux plus retourner en arrière. Tu es allée bien trop loin .» se répétait-t-elle.

Elle avait parcouru des kilomètres depuis l'aube, et avait traversé les quais anciens, la limite de Enameshteg. Elle s'apprêtait à pénétrer dans les territoires interdits de Inadroj. Tout autour d'elle lui indiquait cela. Le paysage avait changé. La verdure avait laissé place à des sols jaunis par l'ardeur du soleil. Des bois secs étaient couchés çà et là, comme si ce lieu avait été abandonné depuis longtemps par les hommes et les animaux, qui eux aussi, se faisaient rares. Ces dernières heures, les seuls qu'elle avait aperçu, étaient ces quelques vautours attroupés sur une vieille carcasse de chevreuil, ou encore ce renard qui, après l'avoir suivie jusqu'aux quais, était reparti à l'approche de ces terres. Soudain, elle entendit derrière elle, la voix d'une jeune fille, qui la fit sursauter :

—   Hello ! Où vas-tu ?

Mais Ottawa poursuivit son chemin en gardant le silence, sans s'arrêter, ni même jeter un regard en direction de l'inconnue.

—   Je vois qu'elle n'a pas envie de parler. Il m'est arrivé à plusieurs reprises de pas avoir envie de discuter. C'est une sensation très étrange. On veut juste accomplir ce qu'on désire, sans être dérangé. Mais la plupart du temps, ce qu'on veut réaliser, fini par nous déplaire, et nous ne savons plus comment agir par la suite. Dans ces conditions, on se retrouve seule, et on se pose un tas de questions. A-t-on bien fait de faire ce qu'on a fait ? A-t-on réfléchi avant de s'engager dans ce dans quoi on s'est lancé ?

—   Peux-tu te taire ? lui commanda Ottawa, agacée par toutes ces paroles.

Comme si elle n'avait rien entendu, l'adolescente continua :

—   Ah ! Je crois que tu recherches quelque chose, où je dirai un endroit.

N'est-ce pas ? Moi aussi, cela m'est arrivé de rechercher un endroit où j'allais vivre le bonheur, où je serai heureuse. Les choses ont mis du temps, mais j'ai fini par trouver.

Son intérêt suscité, Ottawa se renseigna :

—   Tu as trouvé le bonheur ? Où ?

—   Évidement, là où je suis aujourd'hui.

—   Et c'est où, là où tu es aujourd'hui ?

—   Il faut juste qu'on prenne le chemin à gauche et qu'on retourne sur nos pas, et ça sera bon.

Ottawa réfléchit un court instant : tomber sur cette inconnue, dans cet endroit où semblait-il il n'y avait pas âme qui vive. Une inconnue qui, en l'espace de cinq minutes, avait débité autant de paroles, et avait su poser le doigt sur ce qu'elle désirait dans le secret de son cœur, et que jusque-là personne à Enameshteg n'avait compris. Comment cela se faisait-il ? Non ! Les choses ne pouvaient être aussi faciles. Il y avait quelque chose de caché, mais quoi ? Ottawa se souvint que ses parents lui avaient toujours déconseillé de parler avec des étrangers. Aussi fit-elle un mouvement de recul, prête à repartir. Toutefois, cette proposition était si tentante, d'autant plus que cette jeune fille n'avait pas l'air dangereuse. Elle paraissait être âgée d'environ cinq ans de plus qu'elle, mais avait su conserver la candeur d'une fillette, avec ses joues roses, et ses yeux marrons en amande. Ses longues boucles de couleur acajou, reflétaient l'éclat des rayons de soleil. Sa tenue, une tunique bigarrée, paraissait n'avoir jamais été portée auparavant. Elle affichait un air soigné et sérieux. Ottawa la jaugea encore une fois, et se décida à tenter l'aventure avec cette fille qu'elle venait à peine de rencontrer. En plus, il lui fallait se ravitailler en eau, car avec cette chaleur torride qui contrastait avec la fraîcheur du campement, elle avait fini par vider son outre plus vite que prévu. Elle pensa que si elle n'obtenait pas satisfaction, elle reprendrait, sans tarder, son chemin à la recherche d'une terre de repos, de paix et de joie. Finalement, son désir d'une vie nouvelle avait, malgré elle, pris le pas sur sa raison et sa prudence dans ces territoires interdits de Inadroj.

—   Je suis d'accord. Il faut que tu m'emmènes voir cet endroit.

—   Doucement ma belle. Il nous faut encore parcourir un bon bout de chemin.

—   Je suis prête à le faire, je suis prête à te suivre.

—   D'accord.   Allez, suis-moi je vais t'y conduire ! Comment t'appelles-tu ?Moi, c'est MOUFFLE. « MOUFFLE la vipère », si tu veux.

—   Ottawa. Drôle de nom « MOUFFLE la vipère » , releva-t-elle en fronçant les sourcils.

—   Et oui, c'est pas tous les jours qu'on porte le nom qu'on aurait aimé avoir.

Dans tous les cas, je ne sais pas d'où tu viens, mais je sais que tu te plairas là où on va.

—   Y a-t-il des banquets là-bas ?

—   Oui, tout ce que tu peux imaginer.

—   Raconte.

—   C'est un monde merveilleux. Il n'y a que des fêtes à longueur de journée.

La tristesse n'existe pas dans cet endroit. Les pleurs, les douleurs, les chagrins, les regrets : rien de tout cela n'existe.

—   Magnifique ! Tout ce que je désire.

—   C'est pas tout, tiens-toi bien. On te réveillera avec de la musique. Tu auras également de nouveaux parents qui s'occuperont de toi, et qui seront à tes petits soins.

—   Du jamais vu !

—   Ah ça tu l'a dis ! attesta la jeune MOUFFLE d'un air pensif avant de reprendre, encore un peu de temps et tu verras. Ce sera inoubliable pour toi ma belle ! Tu y seras accueillie et tu y vivras comme une princesse.

–   Merci MOUFFLE de me conduire dans cet endroit. Y a-t-il des personnes de mon âge ?

–   Bien sur. Mais tu seras celle dont on va prendre le plus soin. Tu as ma parole. Allez, on y sera bientôt.

–   Tu es ma plus belle rencontre, lui confia Ottawa en la serrant dans ses bras.

–   Ne te précipite pas trop vite Ottawa, la prévint MOUFFLE en se dégageant rapidement. Laisse le temps nous dire si vraiment je suis une belle rencontre. Tu sais, avant toi, j'ai connu une fille qui s'appelait Ellyjabet. Elle était belle, gentille, pas plus que toi bien sur. Mais, elle était seule. Lorsqu'on s'est rencontré, elle croyait avoir trouvé le bonheur, mais elle fut bien déçue par ce qu'elle y vit. Peut être que tout ce que tu verras ne te plaira pas du tout.

–   C'est vrai. Tu as tout a fait raison, je serai peut être déçue, lui concéda Ottawa en méditant sur ses paroles.

Et elle acheva avec optimisme :

–   Mais parce que je t'ai rencontré lorsque je cherchais un endroit, je sais que ça va bien se passer.

–   D'accord, si tu y crois. Tiens, nous sommes arrivées.

LA TANIERE DE MOUFFLE

L'impatience et l'excitation pouvaient se lire sur le visage de la jeune Ottawa. Les paroles de sa nouvelle amie l'avaient séduite. Elles avaient emprunté un chemin sur leur gauche, que Ottawa n'avait pas vu, et avaient marché près d'une heure, avant d'arriver à destination. Elles grimpèrent sur les dernières pierres qui les séparaient de l'entrée de ce qui avait plus l'apparence d'une tanière, que d'un lieu convivial. Toutefois, cet accès peut accueillant n'entama pas la détermination de Ottawa. Elle suivit MOUFFLE la vipère à l'intérieur. Après un long couloir faiblement éclairé, elles pénétrèrent dans une grande salle qui tranchait avec l'aspect hostile de l'extérieur. Ottawa ne savait où regarder, tellement il y avait autour d'elle des choses magnifiques. Elles avancèrent sur un long tapis rouge sur lequel, de part et d'autre, se tenaient des hommes élégamment vêtus soufflant dans des trompettes. Devant elles, des danseurs exécutaient une chorégraphie. De grands lustres suspendus au plafond, faisaient briller de mille feux la salle. Au centre, était dressée une table qui paraissait interminable, et sur laquelle étaient déposés des vases comportant des fleurs de toutes les couleurs.

– Alors pour un début qu'en dis-tu ?

– C'est l'endroit le plus merveilleux que j'ai jamais vu !

– Ah ça, tu l'as dit. Et tu n'as encore rien vu. Patience et tu verras.

Un serviteur s'approcha des deux jeunes filles. Il s'adressa à la plus âgée:

– Madame, qu'est-ce-que je vous sers ?

—   Ôtez les fleurs, et donnez-nous tout ce que cette table peut contenir en mets.

—   Tout de suite Madame.

Des hommes se succédèrent à la table, des plateaux garnis à la main.

—   Waouh ! Je n'ai jamais vu une telle chose, s'extasia encore une fois Ottawa.

—   Ah ça, tu l'as dis ! Tu n'as encore rien vu, confirma à nouveau MOUFFLE, ravie de constater qu'elle était parvenue à l'impressionner.

—   Et c'est comme ça tous les jours ?

—   Oui. Tous les jours se passent comme ça ici.

—   Je pourrai faire venir mes amis ? s'enquit-elle en songeant à Aavih et à Yehodim.

—   Comme tu veux.

—   Je veux, je veux, je veux, je veux, je veux ! frémissait-elle de joie. Je veux qu'ils voient tout et qu'ils voient que j'avais raison.

—   Attends. Écoute cette partie.

Au même instant, les trompettes retentirent une deuxième fois. Un homme vêtu d'une tenue de fête, rouge et noire, en velours, s'arrêta à la porte, et entonna un chant :

Ottawa, Ottawa, elle s'appelle Ottawa.

Ottawa, Ottawa, elle est fille de reine.

Ottawa, Ottawa, elle s'appelle Ottawa.

Ottawa, Ottawa, rassure-toi, ici nous on t'aime.

Ottawa, Ottawa, elle s'appelle Ottawa.

Ottawa, Ottawa, tellement elle est belle.

Ottawa, Ottawa, elle s'appelle Ottawa.

Ottawa, Ottawa, rassure-toi, ici nous on t'aime.

Tandis que les trompettes retentissaient, le serviteur vint près d'elle :

—   Bon appétit !

—   Merci.

—   Allez, régale-toi je reviens. Il y a encore une surprise pour toi.

MOUFFLE la vipère se retira sur le son des trompettes, laissant Ottawa assise à table, ne sachant par quoi commencer du fait du large choix qui lui était offert. Elle goûta au rôti d'agneau, au gratin de pommes de terre, à la soupe aux champignons, aux salades de fruits, au gâteau à la crème et au chocolat, au framboisier, au jus de grenades et de pommes. Elle n'en pouvait plus. Dès qu'elle eut terminé, elle fut conviée à se rendre dans une salle attenante, où elle fut entraînée dans un moment de réjouissance, sous des airs de musique. Elle dansa pendant de longues minutes, quelque peu euphorique, avant de se rendre compte que son amie MOUFFLE n'était toujours pas de retour.

—   Et MOUFFLE ? interrogea-t-elle son voisin de gauche.

Elle n'obtint de lui aucune réponse, et fut conduite à nouveau par la nouvelle mélodie qui était entamée. Elle fit une autre tentative auprès de son voisin de droite :

—   Auriez-vous vu MOUFFLE, par hasard ?

—   Non, mais elle viendra. Ne t'en fais pas, l'en convainc le jeune homme.

Les trompettes se mirent à retentir, et cette fois-ci, Ottawa se retrouva seule dans une grande chambre, plongée dans le noir. Allongée sur le lit qui aurait pu accueillir jusqu'à quatre personnes, elle pouvait découvrir, tourner tout autour d'elle, des étoiles qui scintillaient et formaient des figures différentes.

—   Oh que c'est beau ! Je ne veux plus jamais partir d'ici, déclara-t-elle avant d'être prise de vertiges.

Elle se redressa et se tint la tête entre les mains :

—   Ah ma tête ! Qu'est-ce-que j'ai ? Mais qu'est-ce-qui se passe ?

Ces questions furent les dernières phrases qu'elle prononça avant de s'écrouler et de s'endormir.

Le lendemain matin, alors que le soleil venait à peine de se lever, quatre êtres au corps d'homme et à la tête de lézard, firent irruption dans la chambre de Ottawa. Deux d'entre eux versèrent le contenu du seau en bois qu'ils portaient, sur le visage de la petite fille, une eau usagée et noirâtre, tandis que les deux autres se saisirent d'elle et l'enchaînèrent.

—   Mais que faites-vous ? Qui êtes-vous ? Lâchez-moi !

Les créatures l'entraînèrent dans les escaliers précipitamment, sans lui adresser ni un regard, ni une parole.

—   Où m'emmenez-vous ? Quel est cet endroit ? Au secours ! Au secours hurlait Ottawa. À l'aide ! Aidez moi ! MOUFFLE !

Elles la jetèrent sans ménagement dans une cellule sombre et sale.

—   Il y a quelqu'un ? À l'aide, s'il vous plaît ! MOUFFLE !

Une porte s'ouvrit, des pas se firent entendre dans les escaliers qui menaient aux cachots. Les faibles lueurs des torches accrochées dans les coins, permirent à Ottawa de distinguer la silhouette de son amie MOUFFLE, qui lentement, se rapprochait. Celle-ci s'adossa aux barreaux de la cellule, et de manière languissante prononça son nom :

—   Ottawa.

—   MOUFFLE ! Où étais-tu ? En ton absence, j'ai été enchaînée, et mise dans cette cellule. Ouvre-moi vite avant qu'ils ne reviennent.

— Ottawa.

— Dépêche-toi !

MOUFFLE sortit une clé de sa poche et verrouilla à double tour la porte du cachot.

— MOUFFLE, qu'est-ce-que tu fais ? Mais ouvre cette cellule !

— Non.

— Quoi ? Qu'est-ce-que tu fais ? Tu es avec eux ?

— Je suis désolée de te décevoir, Ottawa.

— Pourquoi MOUFFLE ?

— Il n'y a pas de pourquoi. Tu es dorénavant une esclave !

— Mais pourtant hier nous avons...

— Hier c'était une illusion, de la magie. Rien de tout cela n'était réel. Nous sommes à « HISCHALO », et ce que tu as vu n'existe pas ici. Ici, il y a des esclaves qui travaillent jour et nuit. Tu es l'une d'entre elles à présent.

— Que va-t-il m'arriver alors ? appréhendait Ottawa.

— Tu vas travailler, et travailler, et travailler, jusqu'à la fin de tes jours.

Un cor sonna bruyamment. Une imposante porte en bois s'ouvrit en produisant un bruit assourdissant.

— Ah tiens, elles arrivent tes nouvelles amies.

Des femmes portant de lourdes chaînes sur leurs pieds nus, les vêtements crasseux et déchirés, avançaient sous les ordres de ces lézards au corps d'homme, vers les geôles. Leurs membres portaient les traces des coups de fouets qu'elles avaient reçu, ainsi que les blessures qu'elles s'étaient certainement faites en travaillant. Leurs cheveux, défaits, cachaient leurs visages qui étaient tous dirigés vers le sol. MOUFFLE profita de leur arrivée pour se retirer.

—   MOUFFLE, attends ! Attends, sors-moi d'ici s'il te plaît. MOUFFLE !

Ottawa éclata en sanglots, tandis que les portes de la prison se refermèrent sur les esclaves. Celles-ci ne faisaient aucun bruit. On en entendait juste quelques unes tousser par moment. Elles étaient toutes affaiblies. Certaines s'assirent, tandis que d'autres s'allongèrent, afin de pouvoir se reposer. Seuls les cris de Ottawa retentissaient dans ces murs. L'une des prisonnières, une femme âgée à la peau froissée et marquée par la saleté, s'approcha d'elle, et toucha son épaule. D'un mouvement vif, Ottawa la refoula :

—   Ne me touche pas ! Que veux-tu ?

La vieille dame chuchotant :

—   Je voulais juste te dire de te taire, au risque d'être conduite dans les bas-fonds.

—   Qu'est-ce-que c'est ?

—   Un lieu de torture où on met des personnes comme toi qui ne se taisent pas. On les place dans une boue infecte et acide qui leur monte aux genoux. Elles ne peuvent ni s'asseoir ni dormir. Elles sont obligées de faire leurs besoins là, sur elles, et ce durant le nombre de jours qu'elles y passent.

—   Tu y as déjà été ?

Elle acquiesça en lui montrant les cicatrices qu'elle portait des genoux aux pieds :

–   Lorsque je suis arrivée ici, j'étais jeune. J'avais quinze ans. J'ai été trompée et conduite dans cet endroit par MOUFFLE la vipère.

Elle m'a fait croire qu'il existait un endroit où je serais heureuse. Je l'ai alors suivie jusqu'ici. Elle m'a fait vivre de courts instants de joie avec son tour d'illusion : l'accueil, le repas, la musique et les danses.

–   Alors ce qui s'est passé à table n'a jamais eu lieu ?

–   Non, malheureusement. On l'appelle ici : le repas d'accueil. C'est une image qu'on projette dans ton esprit, dès ton entrée à Hischalo, jusqu'à ce que tu t'endormes là où tu t'es retrouvée à ton réveil. Après, s'en suit le reste : le travail de jour et de nuit, à creuser et à ramasser du sable et des pierres tous les jours.

–   Pourquoi creuser ?

–   Nul ne sait vraiment.

Elle poursuivit d'une voix basse, après avoir jeté un regard à gauche, et à droite :

–   Mais j'ai entendu dire, qu'une armée avait été enfermée dans les profondeurs de la terre et qu'elle ne pourrait être libérée que par les mains de femmes uniquement.

–   Quelle armée ?

–   L'armée des fonds noirs ! Celle qui appartient à celui à qui les royaumes de la terre ont été donnés.

Ottawa, frissonna suite à ce qu'elle venait d'entendre, mais continua tout de même d'interroger la vieille femme, en baissant elle aussi la voix :

–   Et comment s'appelle-t-il ?

–   Repose-toi, tu en auras besoin tout à l'heure. Quel est ton nom déjà ?

–   Ottawa.

–   Ottawa, tu n'as que quelques heures de repos tous les trois jours, alors profite-en parce que le cor va bientôt sonner. Je te raconterai la suite, une prochaine fois.

–   D'accord Madame.

–   Tu peux m'appeler Anomie.

–   D'accord, Anomie.

Ottawa regarda les autres femmes qui étaient à présent toutes endormies. Elle remarqua qu'il y avait même des jeunes filles comme elle, et des enfants moins âgées. A les voir toutes dans cet état lamentable, elles lui inspirèrent de la pitié. Ottawa espérait qu'elle ne resterait pas longtemps dans cet endroit, et qu'elle ne connaîtrait pas le même sort qu'elles. Toutefois, elle n'en était pas si sûre.

A Enameshteg, depuis le départ de Ottawa, HEALTH avait perdu son entrain. Il ne participait plus aux activités, ni aux repas familiaux, et restait cloîtré, en permanence, dans sa chambre. Mami TAH, qui veillait sur lui discrètement, comme à son habitude, frappait toujours à la porte pour savoir s'il n'avait besoin de rien.

–   Monsieur HEALTH !

–   Oui, Mami TAH.

–   Je vous ai fait une bonne soupe chaude aux poireaux, comme vous les aimez.

–   Merci Mami TAH, mais je n'ai pas faim.

–   Mais il faut vous nourrir Monsieur HEALTH. Il faut prendre des forces.

Quant à la petite Ottawa, elle finira par revenir.

—   Non, je ne crois pas Mami TAH.

—   Ne vous en faites pas. Elle reviendra je vous l'assure. Et puis, il n'y a pas grand chose dans le coin. Vous verrez, elle reviendra !

—   Non Mami TAH. Il y a beaucoup de choses dans le coin, et vous le savez aussi bien que moi. Ottawa est certainement dans les territoires interdits de Inadroj, et Dieu seul sait combien de fois elle est à la merci de ces méchantes créatures qui n'ont, ni pitié de l'enfant, ni égard à la personne du vieillard.

Morgan HEALTH n'avait pas tord. Ces geôliers n'épargnaient rien à ces femmes. Le chef de la prison, dès que le cor sonna, cria :

—   Allez, on se lève il est l'heure ! Toi la nouvelle, tu me suis. Et toi, Anomie, vieille sorcière, au travail !

Dans une des pièces de cette grotte, MOUFFLE s'entretenait avec MASSI, le chef de la main d'œuvre souterraine et des travaux de Hischalo. C'était un homme de grande de taille qui portait des cheveux rasés sur les côtés, ainsi qu'une queue de cheval tressée sur le sommet de sa tête. Il avait ôté son armure et avait juste conservé son épée sur le côté droit de sa ceinture. Il parlait d'un ton ferme et avec assurance en regardant toujours ses interlocuteurs dans les yeux, ce qui avait pour effet de souvent les déstabiliser.

—   Le maître te félicite pour la nouvelle.

—   Merci Patriarche, se réjouit MOUFFLE en s'inclinant devant lui.

—   Je veux que tu t'en occupes personnellement. Le maître aura certainement besoin d'elle.

« Toc toc toc » quelqu'un frappa à la porte.

—   Prisonnière au portail !indiqua le chef de la prison avant de s'en aller.

—   Pourrais-je faire quoi que ce soit d'autre, Patriarche ?

—   Je veux que tu te débarrasses de la vieille Anomie. Elle commence à beaucoup parler, et je n'apprécie pas trop cela. Surtout pas de témoin.

—   C'est compris Patriarche.

—   Tu peux t'en aller.

MOUFFLE se pencha légèrement vers lui à nouveau, puis quitta la pièce, laissant entrer un garde tenant dans la main un rouleau.

—   Je viens de la part de la princesse Eneris. Elle vous fait dire ceci, annonça-t-il en dépliant la missive : « Veuillez vous présenter d'urgence au tronc ce soir. Les fonds noirs seront bientôt atteints. »

—   Est-ce tout ce qu'elle vous a transmis ?

—   Oui Patriarche.

—   Vous lui direz: « MASSI est au travail. »

Les esclaves travaillaient à creuser, à faire remonter les pierres, et à enlever la boue. Ottawa avait pris la place de la vieille Anomie.

—   Va chercher à boire pour les prisonnières et lorsque tu reviendras, n'oublie pas de t'occuper de leurs plaies, lui commanda MOUFFLE la vipère , en jetant un seau à ses pieds. Tu utiliseras le seau et la louche de Anomie pour faire ce travail. Je n'ai rien entendu !

L'une des créatures saisit Ottawa par les cheveux et la souleva de terre. Tandis que la fillette poussait des cris de douleur, le drazel ouvrit la gueule, laissant échapper une haleine fétide, et lui précisa d'une voix gutturale :

–   On dit : Oui, Maîtresse.

Il la projeta ensuite aux pieds de MOUFFLE :

–   Alors ? Je n'ai rien entendu.

Ottawa, entre deux sanglots, répéta :

–   Oui, maîtresse.

MOUFFLE et le drazel éclatèrent de rire, satisfaits d'avoir suscité en elle la peur qu'ils espéraient.

SUR LE CHEMIN DE INADROJ

–   Je vais vous attraper ! Je suis là ! Je vous vois. Attention. Attention.

Dans les pâturages, à Enameshteg, Mash jouait à cache-cache avec les enfants du campement. Il plongea dans les bottes de foin et saisit COCO la Colombe, tandis que celle-ci faisait sa toilette.

–   Lâche-moi ! Lâche-moi, gros porc !

–   Pardonne-moi, je ne savais pas que c'était toi.

–   Tu ferais mieux de vérifier avant de te jeter par terre comme un gamin.

–   Mais je suis un gamin.

–   Non, tu n'es pas un gamin.

–   Je suis un gamin !

COCO se moqua en relevant :

–   Depuis que je te connais tu n'as pas changé. Tu t'es toujours comporté comme un bébé. Et puis, que fais-tu ici sans tes amis ?

–   Quels amis ?

–   Ottawa et sa clique.

–   Tu n'es pas au courant ?

–   Au courant de quoi ?

–   Ottawa est partie.

–   Enfin, une bonne nouvelle !

–   Ce n'est pas tout. Ce matin pour réveiller mon père, on a du lui verser de l'eau sur la tête.

–   Qui a bien pu faire une telle chose ?

–   Mami TAH.

–   Encore elle. Je la déteste ! Et ton père, il va mieux ?

–   Non. Depuis que Ottawa est partie, il ne va pas bien du tout.

–   Et où est-ce qu'elle est partie Ottawa ?

–   Personne ne le sait vraiment.

–   Moi je le sais. Je l'ai vu !

–   C 'est vrai ? Et tu l'as vu où ?

–   Oh, je ne te dirai pas.

–   S'il te plaît COCO, dis-le moi.

–   Si tu veux que je te le dise, il va falloir ramasser toutes mes plumes, et répéter constamment : « COCO est une coco et une colombe. »

Mash se hâta de ramasser les plumes ainsi que les peaux mortes de COCO la colombe.

–   C'est bon, on peut y aller quand tu veux.

–   On y va.

–   COCO la colombe est une coco et une colombe.

Le perroquet émit un gloussement de contentement et raconta :

–   Alors j'étais en ballade dans les sentiers de la justice et j'ai vu Ottawa.

Et COCO garda le silence .

–   Oui, pardon. COCO est une coco et une colombe.

–   Elle était avec une jeune fille du nom de MOUFFLE.

Elle fit encore silence .

–   Qui est MOUFFLE ?

COCO ne répondit pas. Mash comprit pourquoi et reprit :

—   COCO est une coco et une colombe.

—   Il paraît que c'est un esprit redoutable du monde des ténèbres qui, lorsqu'elle capture ses proie, les mange vivantes. Crac ! fit-elle pour effrayer le garçon en cassant un bout de bois qu'elle tenait entre les pattes.

—   COCO est une coco et une colombe, répéta-t-il lentement les yeux et la bouche grandement ouverts.

La colombe continua, un sourire au bec, voyant que son explication avait produit son effet.

—   Je les ai suivies jusque dans les territoires interdits de Inadroj.

—   Inadroj ?

—   Vas-tu te taire ? s'énerva-t-elle. Alors, elles ont cheminé jusqu'au bord des racines.

Elle s'arrêta, mais Mash ne réagit pas.

—   Qu'est-ce-que tu attends pour dire COCO est une coco ?

—   Mais tu as demandé que je me taise.

—   Tu ne comprends rien toi. Je te demandais de ne pas m'interrompre avec tes interventions et tes questions idiotes, mais de juste dire ce que je te demande pas plus.

—   D'accord. COCO est une coco et une colombe, reprit-il froidement, affichant sa lassitude pour ce jeu.

—   Alors, Ottawa et elle sont rentrées dans la tanière, puis je suis revenue à Enameshteg.

—   C'est tout ?

—   Oui c'est tout. Que voulais-tu d'autre ?

Mash lâcha les plumes et peaux mortes de COCO, et s'en alla en courant, en direction de la maison de HEALTH.

—   Hé ! Où vas-tu ? Reviens ici! Si je t'attrape, tu vas le regretter. Oh reviens ici ! Ah ces petits, ils n'ont plus de respect pour quoi que ce soit, ni pour qui que ce soit.

Mash arriva à la maison. Tel un ouragan, il poussa violemment la porte, faisant entendre dans toute la maison, son arrivée en trombe par des claquements et sa voix qui résonnait dans les pièces. Cela fit réagir la vieille Mami TAH .

—   Père, père !

—   Que veux-tu Mash ? Monsieur HEALTH se repose. Reviens plus tard.

—   Non, Mami TAH. Je sais où se trouve Ottawa.

Ces paroles firent bondir hors de son lit HEALTH que tous croyaient endormi. Il sortit de sa chambre et vint à la rencontre de son fils.

—   Monsieur HEALTH ? s'étonna Mami TAH.

—   Où est-elle ? Où l'as-tu vu ?

—   J'ai rencontré COCO la colombe qui m'a raconté comment elle avait suivi Ottawa avec une jeune fille, expliqua Mash.

—   Quelle jeune fille? demanda la gouvernante. T'a-t-elle dit son nom ?

—   Elle a dit MOUF.

—   MOUF ? Qu'est-ce-que c'est que ça encore Mash ? Attention, pas de mensonge ! le menaça-t-elle.

—   Je vous assure que c'est la vérité. Père, il faut me croire.

—   Je te crois, assura posément HEALTH .

—   Non Monsieur HEALTH, vous ne pouvez pas croire à toutes ces inventions.

–   Elle a dit aussi qu'elles étaient rentrées dans une tanière.

–   Une tanière ? reprit Mami TAH toujours incrédule.

–   Faites-moi appeler COCO immédiatement, conclut HEALTH.

COCO à son arrivée, après avoir bu un verre d'eau, goûté aux fameux gâteaux de la cuisinière, relata une nouvelle fois les faits, et confirma les dires du jeune garçon.

–   Et comme je l'ai dit à Mash, elle a suivi MOUFFLE la vipère jusque dans sa tanière.

–   Pourrais-tu retrouver l'entrée de cette tanière ? s'enquit le père du campement des orphelins.

–   Oui, Monsieur HEALTH.

–   Mami TAH !

–   Oui Monsieur HEALTH.

–   Préparez-moi s'il vous plaît ma tenue.

–   Ce sera tout, Monsieur HEALTH ?

–   Faites le nécessaire de provisions pour deux ou trois jours. Comptez Aavih, Yehodim et Mash.

–   C'est compris Monsieur HEALTH.

Une fois habillé, HEALTH récupéra dans sa chambre tout ce dont il avait besoin pour l'expédition.

–   Mami TAH !

–   Oui, Monsieur HEALTH. J'ai bientôt fini.

–   Que faites-vous ?

Dans sa cuisine, elle avait fouillé ses placards pour les remplir de ce qu'il y avait de plus nourrissant, et qui ne risquait pas d'être avarié un peu

trop tôt. Elle avait certainement mis plus de temps qu'il n'en fallait, mais peu importait, elle ne voulait pas que ses petits manquent de quoi que ce soit. Elle avait donc préparé quatre sacs en faisant attention à prendre en compte les goûts de chacun. Dès que le chef de famille l'appela, elle se dépêcha de le rejoindre avec les provisions qu'elle déposa sur la table.

— 	Voilà, c'est fini !

Elle détailla du regard l'homme qui se tenait devant elle. Elle passa sa main affectueusement sur son épaule, pour ôter un petit bout de fil qui était resté sur son vêtement, avant de déclarer fièrement :

— 	Maintenant vous êtes prêt, Général !

— 	Merci, Evrel TAH.

— 	Que celui qui vient vous accompagne.

— 	Qu'il vous garde, Enameshteg et vous.

Elle le serra fortement dans ses bras, puis retourna dans la cuisine, les yeux embués, sans regarder en arrière. Mami TAH se doutait que si HEALTH avait pris tant de précautions, c'était parce qu'il savait que la tâche qui l'attendait allait être difficile.

Mami TAH et Morgan HEALTH étaient les deux responsables de Enameshteg, et les seuls adultes. Ils partageaient de nombreux secrets, notamment celui qui concernait l'histoire de ce campement.

Enameshteg avait vu le jour il y avait de longues années de cela. On ne savait plus qui avait créé cet endroit, mais depuis longtemps il était sous la responsabilité de HEALTH et de sa vieille confidente. Cet endroit avait vocation à recueillir les orphelins venant des quatre coins de la terre. Il les attirait à lui à condition qu'eux, ou d'autres personnes, aient demandé à ce qu'ils retrouvent un abri. C'était d'ailleurs la raison pour laquelle personne d'autre que des orphelins ne pouvait apercevoir de l'extérieur Enameshteg.

Les gens passaient à côté, sans prendre connaissance de son existence. Au-delà de ses frontières, il restait invisible pour tous. Les orphelins y coulaient des jours paisibles, sans que le temps n'ait d'effet sur eux, ni qu'ils ne s'en rendent compte. Ils ne tombaient jamais malade, ne se blessaient jamais, et cela grâce à ces délicieux pains et gâteaux que faisait quotidiennement Mami TAH. Ils profitaient de leur nouvelle vie. Ils conservaient tous l'âge et l'apparence qu'ils avaient en y venant, cela jusqu'à ce qu'ils décident de s'en aller. Cependant, jusqu'à présent, aucun d'entre eux n'avait ressenti le besoin de quitter cet endroit dans lequel ils avaient tous trouvé un refuge, une nouvelle famille, à l'exception de Ottawa.

HEALTH quitta Enameshteg en compagnie de Mash, son fils, et des fils de BAAHIM, Aavih et Yehodim. COCO la Colombe était également du voyage. Elle jouait le rôle d'éclaireur. Ils empruntèrent le chemin qu'avait parcouru leur amie, quelques jours auparavant, en passant par les quais, puis atteignirent les limites de Enameshteg. Ils se retrouvèrent sur les territoires interdits de Inadroj. Mash attira alors l'attention de son père sur une marque posée sur un arbre :

—   Père.

—   Oui, Mash.

—   Qu'est-ce-que c'est que ce dessin sur cet arbre ?

—   Cela veut dire : interdiction de pénétrer dans cette forêt.

—   Mais pourquoi nous ne la respectons pas, père ?

—   Parce que nous devons retrouver Ottawa.

—   Mais c'est dangereux d'y entrer, père.

—   Effectivement, Mash. Mais nous n'avons pas le choix.

–   Est-ce-qu'il est loin l'endroit où nous allons ?

–   Est-ce-qu'il peut se taire un instant ? s'emporta COCO.

–   Sois gentille COCO, ce n'est qu'un enfant.

–   Si encore il reconnaissait être un bébé.

–   Je ne suis pas un bébé, se défendit Mash.

–   Mash, non ! le rappela à l'ordre son père.

Un vent léger traversa la forêt et le froid commença à se faire sentir. Des ombres se dessinèrent entre les arbres. Rempli de frayeur, Aavih bégaya :

–   Voyez-vous...voyez-vous ce que je vois ?

–   Oui, on le voit. Tais-toi, ordonna le perroquet.

–   Surtout ne les craignez pas. Ils ne vous feront aucun mal, les rassura d'une voix sereine HEALTH.

–   Qu'est-ce-que c'est père ?

–   C'est une armée.

–   Une armée ? répéta Yehodim.

–   D'où viennent-ils, père ? Qui sont-ils ?

–   Racontez-nous, Monsieur HEALTH, nous voulons savoir, le pressa Aavih.

–   Oui père, raconte-nous.

Morgan HEALTH regarda COCO la colombe.

–   Monsieur HEALTH, vous feriez mieux de leur raconter ce qui s'est passé dans cette forêt. Ils y sont déjà, alors pourquoi ne pas leur raconter.

–   Oui raconte-nous père.

–   Monsieur HEALTH, le suppliait déjà Yehodim dont la

curiosité avait été attisée.

Ces sollicitations plongèrent Morgan HEALTH dans le passé. Des images, des visages et des noms lui revinrent à l'esprit. Après quelques minutes de réflexion, il se décida à lever le voile sur cette histoire.

—   Il y a bien longtemps, quand toutes les eaux de la vie s'écoulaient encore dans la région, c'était une époque merveilleuse ! (Ses yeux se mirent à briller). Une époque où ni la maladie, ni la stérilité, ne pouvaient atteindre, ni homme, ni bête. Une époque où les arbres donnaient de leurs fruits chaque mois de l'année, et que tout appartenait à tous. Les hommes de la région avaient tout en commun, jusqu'au jour où Haschtan, le conseiller principal et plus proche collaborateur du roi LOHÏ, du royaume de Pique Nocif, voulut l'assassiner pour diriger le royaume et ainsi avoir la mainmise sur toutes les régions de la terre. Le roi l'ayant appris, riposta et chassa Haschtan. Dans sa fuite, il enleva Emmef, l'unique fille du roi et prit avec lui un tiers de l'armée qu'il avait rallié à sa cause. Lorsque Gabriel, le chef de l'armée, revint de sa mission, il fut mandaté par le roi de ramener sa fille. Gabriel descendit dans cette forêt, à la poursuite de Haschtan. Mais après sept jours, sans nouvelles de Gabriel, le roi coupa les eaux de la vie qui arrosaient toute la région et sans lesquelles aucun habitant de Pique Nocif ne pouvait survivre plus d'une semaine en dehors du territoire. Puis le roi LOHÏ ferma toutes les portes d'accès à Pique Nocif. Ne pouvant plus rentrer à Pique Nocif, ni étancher leur soif, toute l'armée fût exterminée, sauf le général Gabriel, sauvé par une mystérieuse passante.

—   Tiens, nous sommes arrivés, constata COCO, interrompant le récit de HEALTH.

Fasciné par cette histoire, Yehodim ne manifesta aucune réaction devant les paroles de la colombe :

–   Et qu'en-est-il de Emmef, de Haschtan et même de Gabriel ?
Que sont-ils devenus ?

L'oiseau au plumage blanc s'arrêta devant un puits, et indiqua :

–   C'est ici Monsieur HEALTH !

–   Tu en es bien sûre ?

–   Sûre et certaine.

–   Alors, après toi.

–   Non !

–   Non ?

–   Je veux dire oui. Oui et non.

–   Oui et non ? Qu'est-ce-qui t'arrive ?

–   Rien, mais je ne peux pas rentrer avec vous dans cet endroit.
Je suis... je suis, chercha-t-elle, je suis claustrophobe !

–   Claustrophobe ? Depuis quand ?

–   Depuis toujours Monsieur HEALTH, avoua-t-elle quelque peu
gênée.

–   Depuis toujours ? lui redemanda-t-il sceptique.

–   Oui, déclara COCO de la voix la plus convaincante qu'elle put.

–   D'accord. Alors tu vas nous attendre ici.

–   C'est compris Monsieur HEALTH. Bonne chance.

–   Moi je ne crois pas du tout à cela, réfuta Mash.

–   On ne t'a rien demandé Petit, lui lança COCO le regard
menaçant .

–   Allez les enfants, on y va, termina HEALTH.

Ils prirent le chemin indiqué par COCO et descendirent dans le puits aux marches étroites, faites de vieilles pierres, qui sous leur poids, craquelaient. A mesure qu'ils avançaient, la lumière baissait. Ils furent plongés brusquement dans le noir, lorsque parvenus à mi-chemin, le puits se referma sur eux.

—   Eq-El Erimel !

Aussitôt une flamme s'alluma au devant d'eux. Yehodim, suivant Morgan HEALTH qui continuait à descendre :

—   Waouh ! Comment avez-vous fait Monsieur HEALTH pour qu'il y ait de la lumière ?

—   C'est la langue des MALAK, la langue des êtres immortels.

—   Vous en êtes un ?

—   Non Aavih. Je n'en suis pas un, s'amusa HEALTH. Je ne parle que leur langue.

Atteignant le fond du puits, ils furent bloqués par les murs qui se dressaient de part et d'autre.

—   Monsieur HEALTH, il n'y a pas de chemin, releva Yehodim.
HEALTH fit passer les enfants derrière lui :

—   Attendez !
Il observa les murs pendant de longues secondes :

—   Vous allez répéter avec moi : Sou Semo Nemepmi Dey Eg-Assa (Nous sommes simplement de passage. Ouvre-nous tes portes !)
Les enfants s'exécutèrent :

—   Sou Semo Nemepmi Dey Eg-Assa !

—   Encore une fois et plus fort.

—   Sou Semo Nemepmi Dey Eg-Assa !

—   Ensemble.

–   Sou Semo Nemepmi Dey Eg-Assa !

–   Encore.

–   Sou Semo Nemepmi Dey Eg-Assa !

De l'eau commença à sortir du sol et à monter. Elle atteignit rapidement les genoux des enfants.

–   Monsieur HEALTH ? s'inquiéta Aavih.

–   N'ayez pas peur.

Dès que l'eau leur arriva au niveau de la poitrine, une partie des murs qui les entouraient se fissura et s'écroula . Elle créa une porte donnant accès à une sorte de hall. Ils rentrèrent dans ce lieu, et devant eux, se présentèrent quatre chemins.

–   Monsieur HEALTH, qu'est-ce-qu'on fait maintenant ? Il y a quatre chemins et ils se ressemblent tous, dit Aavih.

Morgan HEALTH ferma les yeux, puis les ouvrit. Il ferma à nouveau les yeux, puis les ouvrit encore une fois.

–   Nous allons devoir nous séparer.

–   Seul à seul ? voulut savoir Yehodim .

–   Oui, seul à seul. Mais rien ne vous arrivera. Surtout n'ayez pas peur.

HEALTH fixant la flamme :

–   Emal Rapess Ito Ney Auq.

Aussitôt la flamme se divisa en quatre. Les yeux rivés sur la flamme :

–   Ef Lenert Semo Ave Sou.

Chaque flamme se plaça devant un chemin. Yehodim, les yeux fixés sur HEALTH :

–   Monsieur HEALTH ?

–   Nous n'avons plus assez de temps. Il faut qu'on avance rapidement avant que le soleil ne se couche.

–   Pourquoi, père ?

–   Si cet endroit est vraiment l'endroit dans lequel est retenue Ottawa, et que les personnes qui la retiennent sont celles auxquelles je pense, il va falloir se dépêcher d'avancer, sinon ils sauront que nous sommes ici.

Et dès que le soleil se couchera, ils nous empêcheront de retrouver le chemin menant jusqu'à eux.

Puis appelant son fils :

–   Mash !

–   Oui, père.

–   Tu suivras la première flamme.

Tandis que Mash se mettait en mouvement pour se placer devant la flamme :

–   Yehodim !

–   Oui, Monsieur HEALTH.

–   La deuxième, elle est à toi.

–   D'accord, Monsieur HEALTH.

–   Et toi Aavih, la troisième. Quand elles s'arrêteront, arrêtez-vous, et quand elles se mettront en mouvement, suivez-les. Et surtout ne les perdez pas de vue. Elles vous guideront jusqu'au bout du chemin. Surtout, n'ayez pas peur. Nous nous retrouverons.

HEALTH ferma ensuite les yeux :

–   Sou Tey Novis Eqous Ha O Eut Ardou.

Les flammes se mirent en mouvement.

–   Suivez-les maintenant !

Les quatre compagnons se mirent en marche, chacun suivant sa flamme, et pénétrèrent les entrailles obscures du puits. La flamme de Aavih le conduisit sur un chemin aboutissant hors du puits.

–   Je ne suis plus dans le puits, remarqua-t-il stupéfait.

Il tenta de rebrousser chemin, mais vit la flamme partir dans une autre direction, et s'arrêter devant un arbre.

–   Ah je comprends ! Tu veux qu'on s'arrête ici. C'est d'accord.

Il ôta son sac et s'assit entre les grosses racines de l'arbre sorties de terre. La flamme elle, ne bougea plus. Il l'ouvrit, déballa la nourriture que Mami TAH lui avait destiné, et commença à manger.

De leur côté, Yehodim et Mash finirent par se croiser. Ils se retrouvèrent, perdus dans une ville en ruine dans laquelle il n'y avait aucun signe de vie.

–   Qu'est-ce-que c'est que ça ?

–   Une ville qui date du temps de mon père, déclara Mash.

–   En es-tu sûr ?

–   Certain. Elle est conforme à la description qu'il m'en avait faite.

Leurs flammes ne leur laissèrent pas le temps de s'attarder sur ce point, elles traversèrent la ville en empruntant une grande artère.

Morgan HEALTH quant à lui, après une centaine de mètres, se retrouva devant de grands blocs de pierre :

–   Petras ! Petras ! Petras ! Sur toi je veux faire mon offrande.

Sur ces paroles, les pierres dégagèrent le chemin. Il posa un premier pas prudemment sur le sol, puis un second. Sans crier gare, il fut aspiré par le sable mouvant qui se tenait sous ses pieds, et qu'il n'avait point détecté. Emporté dans un tourbillon, son sac se décrocha. Le chef de famille fut projeté dans un endroit encadré de toute part par quatre murs épais, sans porte, ni aucune autre issue. Le trou par lequel il était descendu, disparut. Du sol au plafond, HEALTH était emprisonné. Sachant que cela n'augurait rien de bon, il fit une première tentative pour en sortir :

—   Chemin ! Chemin ! Fraye-toi !

Rien ne se produisit. Il essaya une seconde fois :

—   Chemin ! Chemin ! Fraye-toi !

Il échoua à nouveau. Il tournait sur lui-même, scrutant attentivement ce piège qui lui résistait, ignorant qu'il s'agissait de la prison personnelle de MASSI, le Patriarche.

MASSI s'était rendu, comme convenu, au rendez-vous que lui avait fixé la Princesse des eaux noires : Eneris. Eneris s'était vue confier la direction d'une partie des opérations, et elle y mettait le cœur à l'ouvrage. Dans sa robe mauve, elle était, comme à son habitude, très belle, mais il se dégageait d'elle cette indifférence, qui telle un poignard, pénétrait jusqu'aux os. Sa peau extrêmement blanche, tranchait avec la noirceur de sa chevelure, de ses yeux et certainement de son âme. Elle aimait le pouvoir et était prête à tout pour le conserver. Et d'ailleurs, MASSI et elle se tenaient ce soir-là, dans le couloir des pierres jaunes, dans l'aile gauche de Hischalo, afin de s'assurer que ses desseins secrets seraient préservés.

—   Tu n'as pas été suivi ?

—   Non, répondit MASSI en se retournant tout de même afin de s'assurer de la chose.

—   Où en es-tu dans les recherches du Livre ?

–   Encore rien, mais je crois que nous sommes sur la bonne piste.

–   Et le Prophète ?

–   Nous avons trouvé les portes de Pattes d'ours, mais aucune trace du corps du Prophète.

–   As-tu rencontré mon père ?

–   Oui. Il veut que les femmes redoublent d'efforts pour retrouver Pattes d'ours, car bientôt nous rentrerons dans le millénaire de la semence, et il voudrait absolument que l'armée soit en mouvement.

MASSI s'apprêtait à poursuivre, lorsqu'il perçut quelque chose d'inhabituel.

–   As-tu entendu ces bruits ?

–   Ce sont les murs, affirma Eneris.

–   Quelqu'un est retenu par les murs de détresse, ajouta le Patriarche en tendant l'oreille.

HEALTH, sans le savoir, venait d'attirer l'attention. Il avait persévéré en essayant de forcer les murs. Il avait donné de grands de coups de pieds, avant de reprendre :

–   Chemin ! Chemin ! Fraye-toi !

Et cette fois-ci, il y eut un mouvement. Toutefois, ce ne fut pas celui espéré, car les murs commencèrent à se resserrer de plus en plus vite. MASSI l'ayant senti, abrégea son entretien :

–   Il faut que j'y aille Princesse. Envoyez-moi votre valet.

–   Surtout faites avancer les travaux.

–   Oui Princesse.

HEALTH cherchait sans relâche une issue devant ces murs qui évoluaient dangereusement vers lui.

–   Force de Celui qui ouvre les portes, environne-moi !

Enfin, ils lui obéirent et cessèrent de se mouvoir. Au même instant, MASSI arriva dans le cellier des odeurs, le lieu où se trouvaient les murs de détresse.

–   Ouvre-toi !

Les parois s'ouvrirent devant lui. HEALTH fit un pas en avant et tomba, affaiblit par l'horrible odeur qui se dégageait du cellier.

–   Gabriel? En voici une surprise. Est-ce vraiment toi ? Comment as-tu pu survivre durant tout ce temps ?

–   Reste loin de moi, lui ordonna Morgan sentant que ses forces diminuaient à mesure que MASSI s'approchait de lui.

–   Non, non, non.Tu vas te faire du mal. Laisse-toi faire, sinon tu risques de perdre connaissance. Tu ne peux pas repousser cette odeur. Cet endroit est conçu afin qu'aucun de ceux qui s'y aventureraient ne puisse lui résister sans cette tenue que je porte. Alors tu gagnerais à conserver tes forces pour la suite. Attachez-le et qu'il soit enfermé !

Des ombres sortirent des murs, saisirent le Général, le ligotèrent, et l'enfermèrent dans les murs. Sans attendre, MASSI se rendit dans l'aile droite de la tanière. Les cinq portes de la salle du « Crâne » s'ouvrirent . MASSI y pénétra et se prosterna en signe de soumission devant Haschtan : le maître de Hischalo.

–   Quelles nouvelles m'apportes-tu ? demanda-t-il à MASSI, sans même détacher les regards du parchemin qu'il tenait.

–   MASSI, votre serviteur, vous annonce que les travaux pour retrouver Pattes d'ours évoluent comme vous le souhaitez.

–   Je le sais, confirma le grand homme calmement.

—   J'ai une autre nouvelle qui réjouira le cœur de mon Général.

—   Je t'écoute.

—   Gabriel est ici, mon Général ! Gabriel, le chef des MALAK.

—   Gabriel ? l'interrogea Haschtan en déposant le document et levant les yeux vers MASSI.

—   Oui, mon Général. Gabriel.

—   En voici une nouvelle ! Il est encore vivant. Que fait-il ici ?
Où est-il ?
Comment est-il arrivé ici et depuis quand ?

—   Il a certainement été aspiré par les sables mouvants des passages secrets.

—   Mais que vient-il chercher ici ? se demandait le chef déchu.
Emmène-le moi !

—   A vos ordres mon Général.

—   Attends ! Ramène aussi cette fille. Comment s'appelle-t-elle déjà ?

—   Ottawa.

—   Oui, Ottawa.

—   A vos ordres mon général.

—   Non, MASSI. Envoie plutôt la jeune fille aux eaux et prépare-la.

—   Les eaux du NAZA ?

—   Oui.

—   Et qu'est ce que je fais de Gabriel ?

—   Quant à Gabriel, ramène-le dans ma prison. J'ai une belle surprise pour lui.

MASSI s'inclina encore une fois devant son maître, avant de repartir mettre à exécution ses ordres. Il se demandait ce que Haschtan avait derrière la tête. Haschtan était connu pour être ambitieux, rusé, autoritaire, mais savait être également extrêmement cruel. Cet aspect de sa personnalité ne se révélait qu'au dernier moment, lorsque ses proies étaient piégées. Il avait de belles manières et était toujours élégamment vêtu d'une toge blanche étincelante. Il aimait afficher cette belle apparence et justement c'était toujours cela qui mettait en confiance les gens. Au cours des âges, peu de personnes étaient parvenues à percer les véritables intentions de cet homme aux multiples facettes et à l'orgueil démesuré. Ses ambitions, il faisait tout pour les atteindre, même si pour cela il devait sacrifier la vie d'innocents tels que ces vierges qu'ils tenaient captives.

RETROUVAILLES ET SEPARATION

Des drazels arrivèrent dans le cachot où était retenue Ottawa. Sur leurs passages, les femmes qui dormaient encore, prirent peur, s'écartèrent, et se réfugièrent dans les coins. Ottawa, épuisée par le dur labeur auquel elle avait été soumise, ne put réagir lorsqu'ils la saisirent violemment, chacun la tenant par un bras.

—   Que faites-vous ?

Ils restèrent muets pendant qu'ils l'enchaînèrent.

—   Arrêtez ! Je vous en supplie, laissez-moi !

Ils la firent ensuite sortir de la cellule et la traînèrent dans de longs couloirs, toujours sans lui adresser la moindre parole, malgré le désarroi qu'elle affichait en tremblant, regardant à droite, et à gauche, pour essayer de savoir quelle était leur destination. Elle hurlait vainement :

—   Où m'emmenez-vous ? A l'aide ! Au secours !

Jcté sur le sol de la prison de Haschtan, Morgan HEALTH se releva et secoua les chaînes qu'il avait aux bras, ainsi qu'aux pieds, dans le but de s'en défaire. Il explora rapidement les lieux. Ils étaient sombres et poussiéreux, comme si jamais personne n'y était passé. Il y avait juste une faible lueur qui émanait de la fenêtre face à la porte, indiquant que le soleil était sur le déclin. Les heures propices aux activités des ténèbres allaient commencer. HEALTH savait que ces esprits qui l'avaient attrapé ne reculeraient devant rien pour obtenir de lui ce qu'ils désiraient. Il regarda encore une fois le soleil de couleur orangée virer au rouge sang. Plus bas, dans la cour intérieure, un jardin avait été crée. Sa beauté et le silence qui y régnait, tranchaient avec la froideur des lieux, ainsi que leur dangerosité. Derrière lui, à l'autre bout de la pièce, dans le noir, une inconnue ne l'avait point quitté des yeux :

—   Que regardes-tu ?

HEALTH se retourna en murmurant :

—   Cette voix m'est familière. Est-ce possible ?

La jeune femme vint près de la lumière :

—   Depuis tout ce temps ?

—   Emmef ! s'exclama HEALTH abasourdi, mais heureux.

—   Oui, répondit-elle sans manifester aucune joie.

—   Je n'espérais plus te retrouver.

—   Je suis encore bel et bien vivante, et sans toi.

—   Ne dis pas cela.

—   Que veux-tu que je te dise, après que tu m'aies abandonnée ?

—   Je suis revenu, mais tu n'étais plus là.

Elle haussa le ton, se laissant trahir par la colère.

—   J'avais placé toutes mes attentes en toi, et toi tu n'étais porté que sur cette mission sordide de mon père.

—   Je suis revenu mais...

—   Mais quelqu'un d'autre, plus avisé que toi, a eu le cran de demander ma main à mon père, et je lui appartiens aujourd'hui.

—   Haschtan !

—   Oui, Haschtan.

—   Je ne savais pas, pardonne-moi Emmef. Pardonne-moi Emmef, je ne savais pas que Haschtan...

—   Tu aurais dû !

—   Je suis désolé. Mais il faut que tu saches qu'il aurait été impossible de toutes les façons que ça fonctionne entre nous deux.

—   Alors j'avais raison en disant que tu avais d'autres projets.

Il lui prit les mains avec douceur :

—   Emmef, une chose que tu n'as jamais su et que ton père ne t'a jamais révélé, c'est que nous n'avons pas le droit de prendre pour femme les filles des hommes.

—   Alors pourquoi Haschtan et ses amis sont-ils allés vers plusieurs femmes ?

—   Ils n'étaient pas favorables à l'application de cette loi. Cela faisait partie du nombre de choses qui les poussèrent à la révolte. Je ne mérite pas ton pardon, parce que mes actes t'ont certainement emmené à croire qu'une relation était possible entre nous. Maintenant peu importe ce que tu décideras, de toutes les façons, je suis prêt à partir.

—   Je ne suis pas celle qui te retiens ici comme prisonnier, et encore moins celle qui décide de ta mort ou de ta vie.

Elle marqua une pause, puis reprit apaisée :

—   Aussi pour te rassurer, Haschtan ne m'a jamais connu. Il ne cherchait pas une épouse, mais une opportunité d'accéder à la royauté. En assassinant mon père, il devenait immédiatement le roi de Pique Nocif, ce mariage l'ayant introduit dans la famille royale. Mais sa tentative d'assassinat échoua. Il prit alors un tiers de l'armée, et moi également, avant de quitter le royaume. Nous séjournâmes quelques temps dans la forêt de Annqas. Lorsque les sources d'eau de la vie furent arrêtées, toute l'armée mourut, à l'exception de Haschtan, Eneris, sa fille, MASSI, et ces êtres répugnants.

- Mais pourquoi n'avons-nous pas vu de corps lorsque nous sommes arrivés dans la forêt ?

- Il les fit tous descendre dans le puits des Tnepres, et les entreposa à l'est du deuxième niveau inférieur .

- Alors il avait préparé cet endroit pour s'y réfugier au cas où son plan avorterait ?

- Non, il l'a construit pour Pattes d'Ours.

- Pattes d'Ours ? Mais c'est impossible ! La tombe de pattes d'Ours ne peut être trouvée que par des vierges de sang royal.

- Justement, il en tient captives plusieurs qui travaillent sans relâche à cette tâche.

- Comment le...

- Je le sais parce que j'en faisais partie, jusqu'au jour où il découvrit que j'attendais un enfant.

- Tu étais enceinte ?

- Oui, avant que tu ne t'engages pour cette mission de reconnaissance. Et si tu veux le savoir, il n'était, ni de Haschtan, ni de toi. D'ailleurs comment aurais-tu pu en être le père ?

- Et, et, à qui est cet enfant ? balbutia HEALTH.

Emmef alla se placer devant la fenêtre, tournant le dos à HEALTH.

- Je suis allée voir « Celui qui était mort et qui est revenu à la vie ».

- Pourquoi ?

- Père m'y a contraint.

- Mais nous sommes encore loin du millénaire.

- Non. Le calendrier, tel que connu par tous, était truffé d'erreurs et père le savait. Haschtan aussi découvrit finalement ce secret.

—   Raison pour laquelle il a voulu assassiner ton père. Ainsi lorsque le millénaire serait venu, il gouvernerait puisqu'il n'y aurait pas eu d'héritier. Le roi a voulu protéger le trône en te conduisant à « Celui qui était mort et qui est revenu à la vie » pour s'assurer qu'il y ait un héritier au cas où un malheur arriverait. Les choses deviennent plus claires maintenant ! Alors Haschtan veut réveiller Pattes d'Ours, afin qu'il aille séduire les dix rois de la terre, et ainsi créer un alliance pour combattre le roi LOHÏ. Et lorsque Pique nocif tombera entre ses mains, il pourra gouverner les eaux d'en haut, et les eaux d'en bas. Où est donc cet enfant ?

—   Non.

—   Non ?

—   Il est mort, lui annonça la jeune femme d'une voix triste, se retournant vers lui les yeux larmoyants.

—   Il est mort ?

—   Lorsque j'étais enceinte, Haschtan ordonna aux esprits impurs de me conduire au cœur des Himalaya, pour y sacrifier l'enfant. Nous prîmes alors les voiles des grands vents, atteignîmes ces sommets vertigineux, et en parcourûmes les sentiers. Au bout de quatre jours, comme l'enfant tardait, ils décidèrent de me mener au Pic du Mach-Hayuch-Hare, à Annapruna. Nous y rencontrâmes la sorcière de Annapruna, chargée du rituel. Lorsqu'elle toucha mon ventre, la pierre sur laquelle j'étais couchée, se fendit. Il me sortit des ailes dans le dos, et je perdis les eaux.

La seconde fois qu'elle mit la main sur moi, des secousses se firent sentir sur toute la montagne. Je pus ainsi me dégager et m'envoler.

MASSI, le chef des esprits impurs, lança son filet de morve sur moi, alors j'échouai dans le parc de Chitwan. Les esprits impurs descendirent vers moi, mais je croisai le gardien des éléphants qui me détacha, et me permit de reprendre mon envol, sans qu'ils ne puissent mettre la main sur moi. Traversant les paysages du Karakoram, je volai jusqu'au berceau de la civilisation de l'Indus. Je trouvai l'hospitalité à Lahore, dans ce pays aux multiples cultures. Ce fut là que l'enfant vint au monde.

—   Alors c'est à Lahore qu'il est né ?

—   Oui ! Et c'est à Lahore qu'il est mort.

—   Mort ?

—   Oui. Mort à la naissance .

—   Je suis vraiment désolé pour tout ce que tu as enduré.

Des bruits de fond se firent entendre. Tandis qu'ils se rapprochaient :

—   Ils arrivent. Est-ce maintenant la fin ?

—   Non. Je serai toujours là, lui promit Gabriel en la serrant dans ses bras.

Des esprits impurs ouvrirent les portes de la prison de la maison de Haschtan, dans laquelle s'étaient retrouvés, Emmef et Gabriel.

—   Je serai toujours là, répéta-t-il, sachant qu'il la tenait contre lui certainement pour la dernière fois.

Les esprits lui arrachèrent violemment Emmef des bras et s'en allèrent avec elle. D'autres vinrent à leur suite s'emparer de lui, afin de le mener au fleuve noir.

SECRET REVELE

Se tenant en bordure des eaux du fleuve noir, Haschtan toujours dans sa tenue blanche, cherchait à réveiller NODBA, le prince des eaux noires.

Sur l'un des rochers, au milieu des eaux, HEALTH avait été ligoté. Il s'y tenait depuis quelques minutes, et pouvait entendre Haschtan, ainsi que ses soldats, s'activer autour de lui. Deux d'entre eux s'approchèrent de lui avec un captif, et nouèrent ses liens à ceux de HEALTH. Tous deux se tenaient dos à dos, les yeux bandés ignorant ce qui se passait.

—   Qui est-ce ?

—   Monsieur HEALTH !

—   Ottawa, c'est toi ?

—   Oui.

—   Dieu soit loué tu es en vie. Comment vas-tu ?

—   Je suis fatiguée Monsieur HEALTH. Je n'en peux plus. J'ai soif, j'ai faim et j'ai mal aux pieds.

—   Patience Ottawa.Tout ira bien, c'est bientôt fini.

—   Mais qu'est-ce qu'ils veulent faire ? Qu'est-ce-que qu'ils veulent faire de nous ?

—   Je n'en ai aucune idée, mais je ne laisserai rien t'arriver. Je ne laisserai personne te faire de mal.

—   Je suis désolée Monsieur HEALTH de m'être enfuie. Tout est de ma faute.

—   Non. Tu n'as pas à être désolée. Tu voulais découvrir autre chose que ce qui t'avait été présenté. Cela peut se comprendre. Il est important de connaître le monde qui nous entoure. Tu as fait preuve d'un grand courage en allant explorer cet endroit toute seule. Je sais que si j'avais eu ton âge, je n'aurai jamais pu le faire. C'est une expérience dont tu vas pouvoir te nourrir. Je crois que tu en as tiré des leçons, et pour cela je peux être vraiment fier de toi, jeune fille.

—   Merci Monsieur HEALTH. Et Aavih ? Et Yehodim ?

—   Ils vont bien. Vous allez bientôt vous revoir.

—   Et vous ? Vous ne viendrez pas ?

—   Non. J'irai dans un endroit où les hommes et les femmes tels que moi vont, afin de se reposer.

—   Et ils reviennent après ?

—   Cela peut arriver, lorsque Celui qui a crée ce lieu en décide ainsi.

Il se produisit un mouvement dans l'eau. HEALTH, comprenant qu'il ne leur restait plus assez de temps, profita de leurs derniers instants pour s'ouvrir à elle.

—   Ottawa, commença HEALTH.

—   Oui .

—   J'ai un grand secret que personne ne connaît. Pourrais-tu le garder si je te le confiais ?

—   Oui Monsieur HEALTH.

—   Ce secret te concerne, annonça-t-il.

—   Moi ? demanda la fillette stupéfaite.

—   Oui, toi.

—   Alors dites-le-moi s'il vous plaît.

Morgan HEALTH, ayant toute son attention, se décida à lui révéler les choses sans détours :

—   Il y a longtemps de cela, dans le royaume de ceux qui gouvernent les royaumes de la terre, la fille du roi et l'un des chefs de son armée, tombèrent amoureux l'un de l'autre. Lorsque la jeune fille atteignit l'âge auquel vont en noces les filles dans ce royaume, ils décidèrent de se marier. Le roi envoya le chef de l'armée dans une mission hors du royaume. Cette mission prit plus de temps que prévu. Comme il fut longtemps absent, un autre chef de l'armée, jaloux, alla demander la fille en mariage au roi qui le lui accorda. Ce chef qui était beaucoup apprécié du roi, n'aimait pas la jeune fille, mais voulait uniquement faire partie de la famille royale. Aussi après leur mariage, il essaya d'assassiner le roi afin de prendre sa place, mais il échoua. Dans sa fuite, il quitta le royaume avec la fille, ainsi qu'une grande partie de l'armée. Quelques temps plus tard, l'autre chef que l'on croyait mort, revint. Il apprit tout ce qui s'était passé, et se mit à la poursuite du chef jaloux. Après plusieurs jours de recherches infructueuses, il commanda à son armée de repartir dans le royaume et ne resta qu'avec quelques soldats dans la forêt.

Quant à la fille du roi, il s'avérait qu'elle portait un enfant et sa grossesse arrivait à son terme. Cependant, le chef jaloux ne voulait pas que ce bébé vive, alors il commanda à quelques uns de ses soldats de la conduire dans les hauteurs des plus hauts sommets de la terre pour mettre un terme à la vie de cet enfant, dès qu'il viendrait au monde. En chemin, la jeune femme s'échappa et put accoucher en secret. Les soldats la cherchèrent. Avant qu'ils ne mettent la main sur elle, elle parvint à confier l'enfant à une famille, qui l'adopta. Les soldats repartirent avec la fille du roi, vers le chef jaloux, qui l'emprisonna pour toujours. L'enfant grandit et on lui donna le nom de OTTAWA.

—   Comme moi ?

—   Non, pas comme toi. Mais toi !

—   Moi ?

—   Oui toi. Toi, tu es cet enfant.

—   C'était moi ? demanda encore une fois Ottawa, absorbée dans sa réflexion. Alors mes parents ne sont pas mes parents ?

—   Tes parents ne sont pas tes parents.

—   Alors qui sont mes vrais parents ?

Dans l'aile droite de Hischalo, dans les appartements de Haschtan, Emmef rentra dans sa chambre, referma sur elle la porte, et s'effondra sur son lit. Elle s'était autorisée à pleurer, ce qu'elle n'avait plus fait depuis son arrivée dans ces lieux, il y avait des années de cela. Elle ne se rendit pas compte de la présence de son époux Haschtan, qui se tenait discrètement dans un coin.

—   Tu l'aimes encore.

Elle sursauta en entendant sa voix et balaya rapidement du revers de la main ses dernières larmes. Haschtan vint vers elle, lui souleva le menton :

—   J'espère que vous vous êtes dit au revoir, parce qu'aujourd'hui, ton cher compagnon, passera par les eaux du NAZA et ce sous tes yeux.
En sortant de la chambre, il lui ordonna :

—   Dépêche-toi de t'habiller pour la circonstance. Mes hommes viendront te chercher pour t'y conduire.

LE NAZA

Dans la grotte qui abritait les eaux noires, deux femmes portant de longues tuniques blanches, des voiles sur la tête, les pieds nus, marchaient le long de l'étendue pour allumer les vingt deux torches qui y étaient plantées. Le silence s'installa progressivement dans le lieu, indiquant que la cérémonie n'allait pas tarder à débuter.

— HEALTH!

— Oui Ottawa.

— J'ai peur, admit-elle.

— Surtout il ne faut pas. Et peu importe ce qui va se passer, n'oublie jamais qu'en toi il y a la paix, et que de toi viendra la paix des régions du monde.

— De moi viendra la paix des régions du monde ? répéta l'enfant qui n'y comprenait rien.

— Oui. Tu es venue au monde afin que les régions et les populations reçoivent la paix, lui expliqua le Général.

— Moi ?

— Oui toi.

— Mais comment cela va-t-il se faire ?

— « Celui qui était mort et qui est revenu à la vie » viendra bientôt vers toi et vivra pour toujours avec toi, car tu es sa promise.

— Sa promise ?

— Oui, tu es l'épouse.

— Je ne suis pas une femme encore, alors comment pourrais-je être l'épouse d'un esprit ? remarqua-t-elle.

—   C'est parce que tu es toi aussi un esprit à qui la forme humaine a été donnée. Nous sommes d'ailleurs tous des esprits ! Tu as été envoyée sur cette terre pour accomplir une mission qui ne pouvait être effectuée que par un être humain. Tu es la seule qui puisse trouver et porter les sceaux.

—   Les sceaux ? Qu'est-ce donc ? demanda Ottawa qui peinait de plus en plus à saisir les propos de HEALTH.

—   Ce sont des objets dont à besoin « Celui qui était mort et qui est revenu à la vie » pour détruire à jamais les forces du mal et rétablir l'ordre dans les régions du monde.

—   Où se trouvent-ils, parce que si c'est moi qui doit les retrouver, il faut bien que je le sache ?

—   Ils ont été dispersés à travers le monde.

—   Alors je n'y arriverai jamais, du moins pas toute seule ! désespéra-t-elle.

—   Rassure-toi Ottawa, tu y arriveras. Tu ne seras pas seule. Son Esprit sera toujours avec toi. Il enverra vers toi des hommes ainsi que des esprits pour t'aider lorsque nous sortirons d'ici.

—   Nous irons les chercher ensemble alors?

—   Certainement...

Le bruit sourd de la porte de la grotte retentit. Haschtan apparut descendant les marche, entourés de ses principaux chefs.

—   Gabriel ! J'espère que tu apprécies ta nouvelle compagnie. Comment s'appelle-t-elle déjà ?

—   Ottawa, lui souffla MOUFFLE la vipère.

—   Ottawa ! Tu as un beau nom, releva le maître des lieux.

—   Que veux-tu faire d'elle ? lui cria Gabriel.

—   Rassure-toi rien de grave. Ce serait fou de ma part de faire quoi que ce soit de cette vierge, alors que j'en ai besoin. Elle me servira bien mieux vivante que morte.

Pendant que tous étaient assis sur les sièges qui leur étaient réservés sur la rive droite des eaux noires, la porte s'ouvrit à nouveau. Emmef, resplendissante dans une robe en soie rouge, brodée de fil d'or, coiffée de sa couronne de princesse, franchit à son tour les escaliers, accompagnée de deux gardes, l'un à sa droite, et l'autre à sa gauche. A son arrivée, les chefs se levèrent et s'inclinèrent. Elle prit place aux côtés de son époux et de Eneris.

—   Enfin tout le monde est réuni : l'homme, la femme et les eaux. Trêve de bavardages, dit-il en se levant et avançant vers les eaux.
Il y plongea la main et invoqua :
—   NODBA ! NODBA ! Souverain des puits. Le cœur est à toi. Les organes à toi. Les os à toi. Tout le corps est à toi. La vie est à nous.

Les eaux bouillonnèrent et prirent la forme d'un requin, sous les regards remplis de contentement de l'assistance. NODBA, le monstre des eaux, fit un premier tour du rocher sur lequel avaient été installés Morgan HEALTH et Ottawa, en poussant des cris assourdissants. Ne pouvant rien voir à cause du tissu qui lui voilait les yeux, Ottawa s'inquiéta :

—   Quel est ce bruit ?

—   Rien du tout. Surtout reste calme , tout va bien se passer ! tenta-t-il de dissiper les craintes de l'enfant, tandis que NODBA faisait un deuxième tour, un troisième, puis un quatrième de plus en plus vite.

—   HEALTH ! s'alarma la fillette.

–   Calme-toi Ottawa. Il ne nous fera rien.

–   Qui est-ce ? Voulut-elle savoir, en tournant la tête de part et d'autre, afin de suivre ses mouvements.

–   Ce n'est que l'eau qui se met à bouger, affirma sereinement le Général.

–   Mais pourquoi bouge-t-elle autant ?

Il lui prit la main et la serra dans la sienne :

–   Elle va se calmer.

Au bout du huitième tour, NODBA se jeta sur sa proie et l'écorcha sous ses gémissements.

–   HEALTH ? Que se passe t-il ?

L'animal continua de resserrer son étreinte, puis finit par l'étouffer. Il repartit dans les eaux noires avec sa victime, laissant son sang remonter à la surface. Le liquide rouge se transforma en vapeur qui s'éleva sur tout le fleuve noir. Il enveloppa Ottawa, la dissimulant au regard de tous. Ottawa ne comprenait pas ce qui lui arrivait, et avec les dernières forces qui lui restaient implora :

–   Père ! Aide-moi !

Depuis son siège, Emmef avait jusque-là suivi la scène sans réagir, mais dès cet instant, elle sentit ses entrailles remuer au dedans d'elle, et se mit à hurler :

–   Non !

Haschtan, qui se délectait de tout cela, tourna la tête vers elle :

–   Non ?

Emmef le saisit alors par sa toge et le secoua, déclarant en larmes :

–   Ce n'est qu'une enfant Haschtan. Je t'en prie, laisse-la s'en aller.

Haschtan afficha ce sourire plein de méchanceté qu'elle lui connaissait, avant de la repousser, constatant que dans les eaux, les choses commençaient à se dérouler différemment de ce qu'il avait prévu. La prisonnière était en fait en train d'être libérée, sous l'effet de la puissance du sang de Morgan HEALTH. Haschtan aussitôt se métamorphosa. La moitié de son corps prit l'apparence d'un dragon. Il sortit ses ailes et bondit sur Ottawa afin de la retenir. Cependant, le NAZA se révéla être plus fort que lui et Ottawa lui échappa. Il ne put que la piquer avec les crochets qu'il fit sortir de sa gueule, et récupéra ainsi quelques gouttes de son sang, sous les regards ahuris de ses chefs. Ottawa avait disparu sans que personne ne puisse se l'expliquer. Haschtan, furieux, reprit sa forme humaine. Il prit l'eau maculée de sang entre ses mains, la sentit, avant de la reverser avec violence. Il affichait à présent un regard noir, témoignant du courroux dont il était animé du fait d'avoir perdu cette jeune vierge . Il réalisa au vu de ces événements, qu'elle devait certainement représenter bien plus qu'il ne se l'était imaginé.

CELUI QUI MARCHE SUR LES EAUX

Sur le rocher d'Arodi, sur l'île d'Erpich, l'une de ces trois îles qui se ressemblaient en tout point et que comptait la mer d'Ennen, ses yeux s'ouvrirent enfin. La mort n'avait pas pu en venir à bout, mais elle lui avait laissée des séquelles. Ses membres avaient été affectés, lui ôtant toute possibilité de se mouvoir. Un homme marchait délicatement dans sa direction. Son regard de braise, sa tunique brodée de fils d'or au niveau du col et des manches, retenue à la poitrine par une large ceinture en or, ainsi que sa longue chevelure et sa barbe blanches, ne lui étaient pas étrangers. Il se plaça près d'elle et lui tendit la main :

—   Allez, sors de là !

—   C'est toi qui...

—   Oui, c'est moi, termina-t-il sa phrase d'une voix rassurante.

Ottawa regardant autour d'elle :

—   C'est ici que tu vis ?

—   Non. Je suis ici pour te montrer le chemin.

—   Quel chemin ?

—   Celui qui te conduira dans les déserts du monde.

—   Pourquoi aller dans les déserts ?

—   Veux-tu connaître d'où tu viens ? Ce que tu es ? Et devenir ce que tu dois être ?

—   Oui, oui bien sur Monsieur... comment vous appelez-vous ?

—   Je suis Celui qui marche sur les eaux. Tiens, prends ! lui ordonna-t-il en lui tendant son bâton.

—   Non ? D'abord dites-moi.

—   Il faut que tu prennes ce bâton, si tu veux que je te dise ce que tu désires connaître.

Dès que Ottawa toucha le bois, il se mit à grossir, s'allongea au point d'atteindre Erter, la deuxième île de la mer d'Ennen.

—   Traverse maintenant.

—   Pour aller où ? l'interrogea-t-elle en appréciant la distance à parcourir.

—   Tu veux découvrir un monde merveilleux ?

—   La dernière fois que l'on me l'a proposé, je me suis retrouvée dans un drôle d'endroit. Je crois que je vais plutôt repartir à Enameshteg, conclut-elle en rebroussant chemin.

—   Attends, l'arrêta-t-il en lui indiquant l'horizon. Regarde là-bas.

—   Je ne vois rien.

—   Regarde attentivement.

Sur Ertla, la troisième île de la mer d'Ennen, deux jeunes garçons tentaient de se soustraire aux redoutables chasseurs sauvages aux barbes blanches.

—   C'est Aavih et Yehodim ! Il faut qu'on y aille. Il faut les sauver !

—   A toi de faire le pas.

Ottawa posa, sans assurance, un premier pied, puis un second, sur ce bâton dont la fonction était de se muer en un pont qui servirait à passer d'une terre à une autre. Voyant que le bois tenait, et elle aussi là-dessus, elle fut rassurée et commença à se déplacer. Avec le vieillard qui marchait à sa suite, elle passa sur l'île de Ertla. Dès son arrivée, elle fut bloquée par le mur dressé devant eux : celui du temple de Gitilagem, un endroit où l'on avait vendu plusieurs esclaves venus des territoires des hommes à la peau d'ébène.

–   Par où allons-nous passer ?

–   Il nous faut la carte ! déclara le vieillard.

–   Quelle carte ? Où est-elle ?

–   Juste là devant toi, dit-il en lui indiquant le mur. Frappe le mur avec le bâton, et demande-lui la carte.

–   Pourquoi serait-ce à moi de le faire ? refusa Ottawa.

–   Parce que je n'ai pas le pouvoir de recevoir cette carte. Il n' y a que toi qui puisse la recevoir, parce qu'elle t'a été réservée.

–   Réservée ? Pour moi ?

–   Oui pour toi. C'est une longue histoire Ottawa. Je te la raconterai un jour.

Mais pour l'instant, il nous faut cette carte non seulement pour arriver là où sont tes amis, mais aussi pour pouvoir trouver « les clés de la seconde mort », « le livre des royaumes », et « les sept trompettes d'or ».

–   Alors Morgan HEALTH disait la vérité ! se rendit-elle compte.

–   Tout ce qu'il t'a dit n'est que la pure vérité.

–   Tout ?

–   Oui, tout sans exception. Maintenant il ne faut pas tarder.

–   Que dois-je dire ? se plia la jeune fille.

–   « Temple de Gitilagem , Je suis Ottawa. Donne-moi la clé d'Adam ! », lui montra le vieillard en tendant le bâton vers le mur.

Ottawa frappa le mur, confiante, et prononça les mêmes paroles :

–   Temple de Gitilagem. Je suis Ottawa. Donne-moi la clé d'Adam !

Le mur s'écroula immédiatement. Elle vit un sac coincé sous les gravats, l'en retira, et put lire l'inscription « LOGOS ». Elle l'ouvrit. Elle y découvrit sept rouleaux de papyrus.

—   Et maintenant qu'est ce que je fais ? Où es tu ? chercha-t-elle l'homme qui avait disparu.

Elle plongea sa main dans le sac. Aussitôt, l'un des rouleaux s'enroula sur son bras. Elle lâcha le sac, secoua vivement son bras pour le retirer, mais n'y parvint pas. Le rouleau pénétra sa peau, sans douleur, et finit par se confondre avec elle. Des signes se gravèrent sur sa peau, formant un dessin avec des flèches. Elle comprit qu'il lui indiquait le chemin qu'elle devait emprunter. Sans attendre, elle récupéra le sac qu'elle avait laissé tomber et s'engagea dans le labyrinthe ouvert suite à l'effondrement du mur. A mesure qu'elle y évoluait, des flèches se dévoilèrent sur son bras et la menèrent sur les bords de la troisième île : Ertla. Elle fit signe discrètement à ses deux amis :

—   Aavih, Yehodim, par ici.

Ils la rejoignirent au pas de course.

—   As-tu une solution ? s'enquit Aavih.

—   Ils arrivent. Il faut qu'on saute à l'eau, dit son frère cadet.

—   On n'y arrivera jamais, s'y opposa Aavih.

Ottawa jeta à l'eau le bâton laissé par le vieillard. Il grossit et s'allongea. Il forma un pont de bois et de liane, reliant l'île de Ertla aux terres des hommes à la peau d'ébène. Éberlués, les deux garçons ouvrirent grandement les yeux et la bouche :

—   Qu'est-ce-que c'est que ça Ottawa ? l'interrogea Aavih.

—   On y va, commanda Ottawa sans prendre le temps de lui répondre.

Aucun d'eux n'émit d'objection devant l'opportunité qui leur était offerte de sauver leur vie. Ils coururent sur le pont jusqu'à l'autre rive. Ottawa étendit la main et le bâton reprit sa forme initiale.

Depuis la deuxième île, l'on distinguait la voix d'un autre jeune garçon :

—   Eho ! Quelqu'un peut-il me dire où je suis ?

—   C'est Mash ! reconnut Aavih. Qu'est ce qu'on fait ?

—   On ne peut rien faire. Il faut qu'on s'en aille, déclara Yehodim.

—   C'est pas juste !

—   Qu'est ce qui n'est pas juste ? Je ne traverserai pas pour lui, refusa égoïstement Yehodim .

—   Moi ! déclara Ottawa.

—   Quoi ? demandèrent les frères en chœur.

—   J'y vais, s'engagea la jeune fille.

—   Non Ottawa, s'y opposa Yehodim en la retenant par le bras. C'est dangereux.

—   C'était tout aussi dangereux lorsqu'il s'agissait de vous, souligna la fillette.

Elle ne l'écouta pas et tendit son bâton, pendant que les eaux croissaient, grossissaient et devenaient de plus en plus impétueuses, ce qui la fit glisser. Elle se reprit et avança prudemment jusqu'à ce qu'elle parvienne à Mash.

—   Ottawa ! s'exclama le fils de HEALTH, à la fois ravi et étonné de la revoir.

—   Il faut se dépêcher. Je ne sais pas si ça tiendra longtemps.

Il acquiesça et la suivit sur le pont qui, sous l'effet des eaux, balançait. Dès qu'ils atteignirent la terre ferme, le pont s'effondra et fut emporté par les flots. Mash attrapa le sac laissé par Ottawa qui le lui arracha sans ménagement, sur un ton autoritaire.

—   Donne-moi ce sac !

—   Désolé, s'excusa-t-il sans comprendre.

—   Qu'est ce qu'on fait maintenant ? voulut savoir Aavih.

Ottawa releva sa manche et examina attentivement son bras. Yehodim vint près d'elle, médusé devant ce qu'elle faisait :

—   Mais, mais qu'est-ce-que c'est que ça Ottawa ? Qu'as-tu au bras ?

Aavih et Mash également s'approchèrent.

—   Tu t'es faite des dessins sur le bras ? la questionna Aavih.

—   Non. C'est un rouleau qui s'est accroché à mon bras, expliqua Ottawa.

—   Comment as-tu fait ? poursuivit Mash, sachant qu'il était peu probable qu'un vrai rouleau puisse ainsi s'insérer dans le corps.

—   Je n'ai pas... je n'ai rien fait. Il s'est accroché seul, dit-elle, ne parvenant pas à trouver une autre explication.

—   Et que fait-il ? cherchait à comprendre Aavih.

—   Il indique un chemin... Je vois ! s'écria Ottawa en découvrant la nouvelle carte qui s'affichait.Venez, suivez-moi !

Elle récupéra le sac, le ferma, et se mit en marche sans attendre le reste de la troupe. Les trois garçons se regardèrent et la suivirent, sachant qu'ils n'obtiendraient pas plus amples détails d'elle.

Tout depuis leur départ de More Land et de Enameshteg avait changé. Les choses s'étaient enchaînées à une vitesse folle. Une multitude d'informations leur avaient été données sans qu'ils ne puissent en saisir la moitié. Tout ce qu'ils savaient, c'était qu'ils étaient à présent engagés sur un autre chemin, un nouveau chemin, celui de leur destinée. Alors aucun n'était prêt à rater cela. Ils voulaient tous découvrir jusqu'où cela les mèneraient, même si pour ce faire, ils devaient traverser des terres inconnues, comme celles des hommes à la peau d'ébène dans lesquelles ils venaient de s'enfoncer.

Table des matières